根に
帰る
落葉は

南木佳士《Nagi Keishi》

田畑書店

根に帰る落葉は ◎ 目次

装画
*
坪田政彦
" Penetration -106 "
（シルクスクリーン）

根に帰る落葉は

前口上

晩秋、狭い庭にも落葉が積もる。

植えっぱなしのまま大きくなったハナミズキ、ヤマボウシ、イロハモミジの順に落葉するので、その間、およそ三週間、庭掃除を欠かせない。群馬の生家の物置にあった、育ての親である祖母が裏山で肥料にする落葉を集めるのに愛用していた、かき寄せるための鋼線の幅を調節できる熊手で大まかに掃き寄せ、ビニール袋に詰めてごみに出すのだが、ここ数年は隣家の主が持山の斜面にある畑に軽トラックで運び、肥料として使ってくれるのでありがたい。

四十年勤めた総合病院を定年退職したのが二年半ほど前で、以降は健康診断専任の非常勤医になり、勤務時間の拘束もゆるくなったゆえ、早く帰った夕方は一息ついてから作務衣に着替え、坊主頭にタオルを巻いて落葉掃除にとりかかる。今年は葉を吸い取ったり吹き飛ばしたりできる電動の道具を購入し、何度か試運転してみたが、吹き飛ばす機能は狭い庭には不向きで、隣の庭にまで落葉を追いやってしまうし、散った葉を吸い取るために直径十センチばかりのパイプの先を干からびた芝生の上に這わせてゆくのも腰が痛くなるだけで、結局、熊手で集めたものを吸い取り、粉砕機能を活かしてコンパクトに布袋に収まったのをビニール袋に詰め替える方式に落ち着いた。

落葉を吸い込んでいると、山椒の黄色い葉が混じり、すっきりした香りが鼻腔の奥にまで届いてきた。山椒の葉は枯れ落ちてもスパイシーであるのに妙に感動する。この山椒の木はモミジの横に植わっている。何年か前の春の彼岸、生まれ育った群馬の山村の裏山にある墓地に参った際、祖母が風呂の燃料とする薪を伐り出していた楢山の様子を見てみようと急斜面を登ってみると、そこは背よりも高い笹で埋まっており、わずかにのぞける楢の木の群れも異様な太さで、人の手が入らなくなった山の獰猛さに圧倒され、あとずさりするよりほかなかった。

墳墓の地をほったらかしにして勝手に生きてきたこの身の罪深さをほんの束の間、自省し、うなだれた視線の先にかわいらしい山椒の実生の鮮やかな緑の葉と、一人前に棘のある枝があった。それを抜いて信州の庭の端に適当に植えておいたら、身の丈を超えるまでにぐんぐん大きくなった。実のならない雄株らしいが、新芽の季節は摘んで洗って手のひらでパンと叩き、冷ややっこに載せたり、山椒味噌を作ってキュウリを食べたり、あるいは、夏に厚くなってしまった葉でもカレーを作るときローリエの代わりに入れたりと重宝している。

山椒にはいくつも種類があるようで、妻が友人からもらったやわらかな葉を持つ木も植えてあるのだが、土が合わないせいか、なかなか大きくならない。葉が厚めで、枝が品のないほど繁茂する故郷の山の山椒は、やはりこの身にふさわしいらしい。

落葉掃除が一段落すると、縁側の隅の本棚にある岩波版『芥川龍之介全集』のなかから書簡集を取り出し、安楽椅子にもたれて読む。小説やエッセイはすでに何度か読んでいたが、書簡にはまるで興味がなかった。作家は作品がすべてであり、私的な生活の嗜好や態度はどうでもいいのではないか、とかたくなに思い込んでいたのだが、もうそういう閉じた考え方を維持するのも面倒になり、ほかに読むものもないので、なにげなく開いてみたら、これがたまらなく身につまされ、泉鏡花や与謝野晶子宛の手紙に比べて妻の文子さん宛のものはいかにもそっけない文面で、ねえ、芥川さんさあ、もうすこし奥さんにやさしくしてやれば、とおのれを棚にあげて声をかけたくなったりするのだった。結婚前の手紙には食べてしまいたいくらいかわいい、と書いていたのに。

芥川の作品のなかでは「秋」がいちばん好きで、この作品に関して登場人物がたがいの感想を述べあう「急須」という短篇を書いたことがある。三島由紀夫も「秋」を好んでいたらしい。書簡集を読んでいると、芥川自身も「秋」の完成度には自信があったらしく、第一高等学校文科の同級生で首席卒業者だった恒藤恭宛の手紙にも、読んでみてくれるように書いている。また、編集者宛には、校正刷りのわずかな言い回しの違いを迷いつつ指示していたりする。原稿を書いているときは小説を駆動させるために必要だった凝った表現も、活字を前に冷静な読者の立場になってみるとくどいと感じられることがある。ああ、芥川にもそういう想いの揺れがあったのだなあ、と実作者としての親近感を覚えたりもした。

しかし、人気の絶頂期に新聞社の派遣で中国旅行に出かけた大正十年ころからは、発熱、胃痛、下痢、神経衰弱などの単語が頻出するようになる。それからは、読み進めるのが切なくなるほど体調の悪さを記載した手紙が多くなる。

現代の医療現場にいる医者の視点で読んでみると、胃痛はおそらくヘリコバクター・ピロリ感染胃炎と思われ、採血でピロリ菌抗体を調べ、内視鏡検査を施行し、胃粘膜の状態を確認してから一週間の内服除菌治療をおこなえばあっさり治ってしまったのではないかと思われる。禁煙し、きちんと散歩すれば、ぼんやりとした不安も解消されたのではないか。牧水なんて小児みたいだ、と手紙でこき下ろしているけれど、彼のように思い立ったらずんずん歩く旅に出れば心拍数が上がり、脳血流が増え、結果として脳内神経伝達物質の減少が食い止められ、神経衰弱（たぶんうつ病）の悪化は防げたのではないか。

　そんな詮無い想いを抱きながら、裸になりつつある木々の枝間から信州の広い空をながめていると、ふいに本質的な問いが浮かんでくる。芥川にとって心身を襲う様々な不定愁訴がきれいさっぱり消えてくれるなら、小説家としての名声なんて捨て去っても惜しくなかったのではないか、との。

　芥川賞受賞の翌年の秋、ある朝突然パニック障害を発症し、以降、うつ病のどん底から何年も這い上がれなかった体験のある身は、当時、本棚に三冊だけ並んだ自著の背表紙をうらめしく見つつ、こんなものを書いた祟りでこれほど苦しい目にあうのなら、いっそ小説なんて書かねばよかった、と何度、からだの芯から思ったか知れない。

　芥川とおのれをおなじ土俵に乗せるおこがましさを承知で書簡集を読んでいると、小説を書く、という行為の業の深さを思い知り、昭和二年、三十六歳での自殺前までのところでいたたまれなくなって書を置き、庭に出、はだしになって四股を踏む。

　サッシ戸のガラスに映る全身のフォームを確認しつつ、片足が水平になるまで挙げ、ゆっくり腰を落とす。足の高さは現役力士の阿炎を、腰を落とす深さは御嶽海を理想とするが、あくまで理想なので、至らなくても気にしない。三十、四十回と踏んでいると大腿四頭筋がへたってくるが、それは体重移動が自然にできていない証拠なので、初心にかえり、全身の力を抜いて五十回。

足を挙げる瞬間に肛門を締め、おろすときにゆるめるのは、小便の切れが悪くなっているのをなんとかするべく最近加えたメニューだ。むやみに肌がかゆくなったり、朝早く目が覚めてしまったり、医者になったばかりのころ、高齢の患者さんたちに向かって、まあ、お年のせいですねえ、と無責任に言い放っていたことばの群れが、地球を一周して背後から一気に襲ってきている今日このごろ。

四股を踏んで鍛えられる筋肉はなんというのだろう。さっそくネットで調べてみると大腰筋。人体のなかで上半身（腰椎）と下半身（大腿骨内側）を結ぶ唯一の大きな筋肉で、ヒトを直立させるのにもっとも大事なもの。そうか、こんな基本的なことも知らずにうかうかと生きてしまったのだな、と自嘲しつつ四股を踏んで気がつけば二年が経っていた。

　このごろ、歩いているとなんだか姿勢がよくなっている気がするので、大腰筋と歩行について調べてみると、なんと、この筋肉を意識して歩くと重心の移動がスムースになり、膝への負担の少ない歩き方が可能になる、といろんなひとたちがネット動画で教えてくれていた。山を歩いていると、はるかうしろから静かに歩いてくる中年女性におだやかに追い越されてしまい、あわてて追いかけるのだが離されてゆくばかり、といったことを幾度も経験しており、そういえばあのひとたちは腰から前に進んでいるのに、こちらは膝からだな、と気づき、でもこれは生まれついての歩き方だからどうしようもないよな、とあきらめていた。

　ところが、動画の教えのとおりに歩いてみると、意外にも簡単に大腰筋歩行ができる。なんだかうれしくなって、通勤の往復約五キロの田んぼ路で訓練を積んでいる。もうそう長くは生きないだろうけれど、ヒトとしての基本である二足歩行の練習をやり直していると、なんだかこのまま安らかな場所に帰ってゆけそうだ。

「わたし」はここにいます。

およそ四十年前、他者の死が日常のなかに頻出する地方病院勤務医の生活に埋もれてしまいそうなとき、臆病な医者はだれかにそう伝えたくて私小説のような文章を書き始めた。それから懲りずに書き続けたが、還暦を過ぎたころから、書いてかたどろうとする「わたし」の輪郭がきわめて曖昧になってきたゆえ、そのままほったらかしていまに至る。それでも、ふと、ああ書かねば、と発作のごとく思いつくことはあり、そのタイミングで依頼された新聞、雑誌に発表したエッセイをここに集めてみた。

狭い世界で生きてきたので繰り返しが目立ってしまうが、生きることそのものがマンネリをまぬがれないのだから、という勝手な言い訳をお許しいただければ幸いです。

（二〇一九年　秋）

I

誠実な作家・坂口安吾

浅間山北麓の上州の山村には廃屋になったおのれの生家がいまも残っているが、たまにそこを訪ねても、なつかしくない。なつかしい、という言葉の語源は、寄り添ってなつきたくなるような感情だ、と教えてくれたのは都心の予備校の古文の講師だった。彼にとってもこの言葉は特別の意味を持つらしく、実際に黒板の前でだれかに寄りかかるような仕草をし、身をもって語意の本質を示したのだ。丸暗記した数学の公式は記憶の破片すらないが、他者のリアルな行為から学んだ知識は還暦をすぎても忘れないことにあらためて驚く。

ふるさとがなつかしくないのは、ひとがいないからだ。産みの母は三歳の児を遺して肺結核で逝ったし、育ての親だった祖母もわたしが医者になって四年目の冬の朝、ぽっくり死んだ。勤務先の信州の病院に寄って死亡診断書用紙をもらい、まだ明けきらない浅間山麓の峠を越えて生家にもどり、きちんと白衣を着て祖母の死亡確認をしたあと、大量の涙が湧いた。そのあと二十年ほどして婿だった父が死んだが、涙は一滴も出なかった。

酒の席で羽目をはずしてきまじめな奥さんに注意されても、ええ、いいだ、と常に現状をおおらかに肯定し、NHKのど自慢の予選に声をなめらかに出すための生卵を呑んで臨んだら、卵アレルギーの蕁麻疹が出て歌うどころではなかった隣の家のおじさんも、もういない。要するに、ふるさとがなつかしかったのは風景ではなく、あくまでも、なつきたくなるひとたちがいたからだったのだ。

私は風景の中で安息したいとは思わない。また、安息し得ない人間である。私はただ人間を愛す。

（「デカダン文学論」）

坂口安吾の小説やエッセイを読むと、この作家が誠実に生きようとするひとのはかなさ、したたかさ、グロテスクさをなによりも愛していたのがよくわかる。この場合の誠実さとは、外側から規定される倫理的、道徳的なそれではなく、おのずから生きのびようとする肉体《からだ》の内側から湧き起こる欲求にきちんと向き合うことの意味であるのは、坂口安吾の愛読者ならだれもが納得するところであろう。

……人間の現実は概ねかくの如き卑小きわまるものである。けれども、ともかく、希求の実現に努力するところに人間の生活があるのであり、夢は常にくずれるけれども、諦めや慟哭は、くずれ行く夢自体の事実の上に在り得るので、思惟として独立に存するものではない。人間は先ず何よりも生活しなければならないもので、生活自体が考えるとき、始めて思想に肉体が宿る。生活自体が考えて、常に新たな発見と、それ自体の展開をもたらしてくれる。この誠実な苦悩と展開が常識的に悪であり堕落であっても、それを意とするには及ばない。

（「デカダン文学論」）

夏目漱石、島崎藤村、横光利一などの作品に決定的に欠如しているひとの存在の肉体性について安吾は鋭く批判する。

最近、病院の外来で九十、百歳を超えた超高齢のひとたちを診る機会が増えてきた。彼女（まれに彼）たちは異口同音に、こんな長命を目的に生きてきたわけではなく、日々ちゃんと生きようとして気がついてみたらこんな齢になっていた、とおっしゃる。

……美しく見せるための一行があってもならぬ。美は、特に美を意識して成された所からは生まれてこない。どうしても書かねばならぬこと、書く必要のあること、ただ、そのやむべからざる必要にのみ応じて、書きつくされなければならぬ。……実質からの要求を外れ、美的とか詩的という立場に立って一本の柱を立てても、それは、もう、たわいもない細工物になってしまう。これが、散文の精神であり、小説の真骨頂である。そうして、同時に、あらゆる芸術の大道なのだ。

（「日本文化私観」）

机の前で苦悩してみせる前に、まずきちんと生きてみろ、生活してみろ。坂口安吾を読み直すたびに、ものを書き始めねばならなかった時代に還らされる。

文芸誌の新人賞に応募していた二十代のころ、年上の編集者に、よい小説を書くには酒を呑んだり女と遊んだりせねばならないのでしょうか、と問うたことがある。そのときすでに何人もの芥川賞作家を育てていた彼は一言、よい小説を書きたかったらまじめに暮らすことです、と答えた。この編集者は酒もたばこもやらないひとだったが、若造を大道に導きたいと念じる小説への熱い愛情は安吾とおなじだったのだな、といまになってしみじみ思う。

必要ならば、法隆寺を取り壊して停車場をつくるがいい（「堕落論」）、と戦時中に書いた坂口安吾は、いかなる破壊を前にしても、そこから立ち直るひとの肉体《からだ》の、おのずからたくましく生きのびようとする実直な底力を信じ、とことん愛していた。彼の作品群がグロテスクな描写を含みつつも不思議に清潔で明るいのは、その信じる姿勢が哀しいまでに徹底しきっており、世間の評価などでけ決してぶれなかったゆえなのだ。

（二〇一二年四月　群馬県立土屋文明記念文学館　第76回企画展「無頼の先へ　坂口安吾　魂の軌跡」パンフレット）

手に職・お金

江戸っ子の生まれそこない金を貯め。

この川柳の江戸っ子とは職人をさすらしい。いろんな解釈があるようだが、読んで腑に落ちたのは、じぶんの腕に自信のある職人ならその技術で食ってゆけるのだから、金なんか貯める必要はない。自信のないやつにかぎって、いつ食いっぱぐれるかわからないので金なんぞ貯めやがるんだ、という説である。

高校時代から作家になりたかったが、小説でめしを食ってゆけるほど才能があるとは思えなかったので、とりあえず手に職をつけようと医者になった。いまよりもはるかに医師が不足していた時代だったゆえ、需要と供給の関係で決まる勤務医の給与は比較的高かった。その代り、夜間の呼び出しはほぼ毎日で、心身の疲弊は甚だしく、給与の高い仕事はリスクも高いのだ、との常識を若造の身で知るはめになった。

こんな仕事を続けていたら、若いうちに死んでしまいそうだから、やりたかったことは早めにやっておこうと小説を書き始めた。二足のわらじをはいたわけだが、片方にばかり重心をかけるとすり減ってしまうから、なんとかバランスを保ちながら今日までできた。わらじはもう二足とも原型をとどめぬほどに修繕を重ねた。

医者と作家。どちらも手に職をつけたはずで、冒頭の川柳にしたがえば金なんか貯めずともよかったはずだが、常にいくばくかの預金がないと落ち着かなかった。腕に自信がないのはもちろんだが、それよりも、明日、五体無事でいられるのかが常に不安だったのだ。

医療現場で目にする他者の病や死は、おなじ身体構造のわが身にも起こるのは必定で、それが明日でないという保証はどこにもない。急な病を得て戸惑うひとたちを毎日見ていればそういう冷徹な事実が深く自覚されるのは当然で、いつしかこの不安感が生活のすべてを支配するようになり、四十前後から五十歳くらいまでは鬱々として楽しめなかった。心療内科医の世話にもなった。

それが、還暦をすぎてみると、もう先も見え、いつ果てようがどうでもよくなって、医者としても作家としても、とにかくきちんと毎日仕事していればお天道様と米の飯は付いてくる、とのあっけらかんたる心境に至った。その生活がある日、終わる。それはあまりにもあたりまえなのだ、と。

あと、川柳のような生き方ができなかったのは、江戸から遠く離れた上州の田舎で生まれ、田舎で暮らしたからにほかならない。ひとが生きのびることに必ずともなうグロテスクさを隠す余裕のない田舎暮らしは、江戸の粋からは縁遠い。しかし、生きることは大地にしがみついて日々の食料を手に入れることなのであり、だから、余剰は必ず蓄え、いつか来る飢饉に備えるのだ、という人生の大事を幼い身に刷り込み、二足のわらじを不格好だけれど頑丈に編み直すきっかけを教えてくれたことだけはたしかなのだ。

〈日本銀行広報紙「にちぎん」二〇一二年秋号〈31号〉〉

人間ドック卒業

芥川賞は来年の一月で第百五十回になるそうだから、第百回の受賞者であるわが身は、もう四半世紀ものあいだ、役職に就かぬまま信州の総合病院の勤務医を続けてきたことになる。受賞の翌年にうつ病になり、上司に頼みこんで病棟責任者の任をといてもらい、外来診療と人間ドックの手伝いだけをやっているうちに年月がたち、いつの間にか病院の幹部たちはほとんどが年下になってしまった。

五十五歳で早期退職し、好きなだけ小説を書こうともくろんでいたら、この制度があると優秀な職員が辞めてしまうとの理由で、導入後数年で廃止されてしまったゆえ、優秀でない者も機会をうしなった。うつ病の症状は山を歩いたりしているうちにいつしかほとんど消えた。

なにもかんがえることがないあぶをおう

浅間山の旧火口に下る急な「草すべり」の脇の火山岩の上に寝ころんで、風に揺れる草原のなかにぽつんと咲く大好きなクルマユリをながめつつ、山頭火かぶれのこんな駄句をひねり出せるようになるまで十数年かかった。たんに年をとって感受性が鈍くなっただけなのかもしれない。

今年の春から、ほかにこの部門の医者がだれもいなくなってしまったので、との断わりきれぬ理由で人間ドックの役職に就かねばならなくなった。還暦を過ぎてから精神的エネルギーの備蓄が枯渇しかけているのを自覚しているゆえ、来るものは拒まない、去るものは追わない。拒むにも追うにも過剰なエネルギーが必要なのだ。会議が増え、定型書類を書かねばならぬ機会が多くなり、そのぶん、小説は書けなくなった。

先日、八十五歳の男性に人間ドックの結果説明を終えたとき、彼は静かに語りだした。

「この病院のドックには毎年欠かさず入ってきて四十年になります。ドックに入っていても進行の速いがんで亡くなったひとや、事故死や、みずから命を絶ったひとを何人も知っています。わたしはここで毎年とりあえずの安心を買ってきたつもりです。じぶんの持山の様子を専門家に診てもらって、山でごみを燃やすのは木を傷めるだけ、とか、そろそろ下刈りをする時期だといったことを教わりました。でも、もうこの年になると、なるたけ歩いて肥満を解消してきました。タバコをやめ、あとは自然にまかせておけばそれほど不都合はないと思えるようになりましたので、今回かぎりで人間ドックを卒業させていただきます」

背筋を伸ばして礼をする老人に、こちらもあわてて立ちあがって返礼した。

「ご意志を尊重します」

これも還暦をすぎてからのことだが、状況に反応して型どおりの言葉がすんなり口から出る。喉元がすっきりする。

もっと若かったころは、個性的な言い回しを工夫しようと言葉をいじくりまわし、発語のあとにはいつも喉のあたりにもやもやした感じが残ったものだったが。

　最近、こんなふうに人間ドックを卒業してゆくひとたちがいる。以前は高齢の受診者に接すると、このひとたちは健康診断さえしておけば永久に死なないとでも思っているのだろうか、との不信感を抱いたのだが、それは年の功を甘くみた若造の杞憂にすぎなかった。

　自然にめぐまれた日本の最長寿県のひとたちは、みずからも自然そのものであるのをよく知っておられる。もっとも、これは幼少時から農業や林業、趣味の山行などで自然と接する機会の多かった高齢者の話で、診察中にも携帯電話が鳴る世代のひとたちが今後どうなるのかは、知らない。


（「文藝春秋」二〇一三年十月号）

岩鏡巖をよぢ来し掌のほてり

五十歳になったころよりなんとなく自覚してはいたのだが、還暦を過ぎてみるといよいよ「わたし」とは「からだ」そのものなのではないかとの想いが強くなった。だから、他人の文章を読んでも、選ばれたことばが作者のからだを通過していないとみなされるものは、いかに精緻に創られていても読み進めることができない。

おのれの過去の作品も例外ではなく、還暦記念に自選短篇小説集と自選エッセイ集を編んだのだが、読み返してみて、ああ、これは頭だけで書いたのだなあ、と赤面するものが多く、いまの基準でどうにかなりそうな創作を選ぶのは思いのほか疲労感をともなう作業になってしまった。

そんななか、昭和五十六年に第五十三回文學界新人賞を受賞し、デビュー作となった「破水」は、妊娠した女医が男を頼らずに独りで子を産む前後の事情を描いた作品なのだが、なんというか、女性のからだだけが持つ生理的な強靭さが、若書きの荒っぽい文章で直截に表現されており、じぶんでも好感が抱けた。でも、自選集には賞を受けた小説は入れないと決めていたから省いたのだけれど、どうにも気になってしかたなく、とうとう、当時三十歳だった女医が還暦をむかえ、みずからの老いを自覚し始めた春の一日を時系列で描く『陽子の一日』という長篇小説を昨年「文學界」に発表し、充分に手を入れて今年の一月に上梓した。

第一線の勤務医として病棟の責任者を務めつつ小説を書いていたころ、執筆は深夜に及び、入院患者さんの急変を知らせる病院からの電話で呼び出され、気がついてみたら一睡もせずに朝をむかえていた。そんな生活は四十歳になる直前に破綻し、うつ病の底を這いまわって五十歳まで生きのび、ある日、ふと山を歩いてみたら気分がよくなったのをきっかけに、以後、東信州の標高二千メートルを超える山々に雪の消える六月になると入るようになった。

はじめの年、一年生登山者は息子のおふるのスニーカーをはき、古びたスキーのストックをついて北八ヶ岳の双子池まで行った。針葉樹林に囲まれた小さな池は静かな水面に樹影を映し、あたりの大気には木々の香がただよっていた。

からだ全体に山の気が満ち、初心者のくせに調子に乗って、池をめぐったところにある道標の示す岩の重なる登山道に入ったのだが、岩の一つひとつが背丈以上で、手足をすべて動員してやっと池を見下ろせるところまで登るのが精いっぱいだった。見あげればまだ大岩ののしかかる急斜面が空まで続いている。

遭難を恐れ、あきらめて、降りた。

あれから十年、夏の穂高や槍に行けるくらいに山の経験は積んだのだが、あの、登山元年の敗退が常に気になっていた。そこで、昨年六月、妻と二人で大河原峠から双子池を経て大岳に至るルートに再挑戦した。

双子池からの登山道は手でよじ上る大岩の連続だったが、なんと、岩と岩のあいだにはイワカガミの花が群れていた。登ればイワカガミ、またイワカガミ。登ることだけに気をとられていたあのころ、花は視野にあったはずなのにまったく見えてはいなかったのだ。

この花は山に行くようになって最初に名を覚えたゆえ、格別の愛着がある。それにしても、これだけたくさんのイワカガミが見られるのは、このルートが険しいわりに展望がひらけず、北八ヶ岳のなかでは最も人気のないコースとみなされているからだろうか。

岩に翻弄されて一時間半、イワカガミに導かれてたどり着いた大岳の頂上からは天狗岳の双耳峰がすぐそこに見える。

岩をつかんで「わたし」をここまで運びあげてきた掌がほてる。おそらく、手は本来、こういう使われ方をするために備わっているのだと、からだの深いところで変容させられた「わたし」が納得する。

（「ラジオ深夜便」二〇一三年六月号）

II

早春

ある文学賞の授賞パーティーで、まだ医者をやりながら書いているのですか、そんな綱渡りみたいなことを、と日本文藝家協会の幹部に驚かれたのは六年前のことだが、院長や副院長がみな年下になった六十四歳のいまも、まだ医者をやっている。

勤務先の病院まで、信州佐久高原の氷点下十三度の寒気のなか、フード付きのダウンジャケットを着こみ、小さなザックを背負い、トレッキングシューズや本格的な登山靴を履いて通勤し、人間ドックの診察・検査結果説明のほか、内科、総合診療科外来で風邪や高血圧の患者さんを診ている。

中年期に、自裁へといざなう大いなる心身の不調に悩まされたゆえ、人生でいまがいちばん元気かもしれないなあ、などと「診る者」として胸を張っていたら、インフルエンザの不意打ちをくらった。

年末に受けた予防接種のおかげか、熱はあまり高くならないのだが、なにしろだるい、節々が痛い。回復の遅いからだに、若さを装う身の内側で着実に潜行、拡散していた老化を痛感させられ、五日間の自宅安静を強いられた。

職場に復帰するも、なんだか背筋が伸びない。帰りに田んぼのあぜ道を歩いてからだのバランス感覚をきたえる、などといった酔狂な企みが腹の底から湧いてこない。

なにかが足りない。

それはわかっていたが口に出せないでいたら、週末、隣家の夫婦がフキノトウ採りに誘ってくれた。隣の奥さんの実家は、いまは空き家になっている大きな農家で、その山里の、耕作放棄された田んぼのなかのささやかな水路の土手の黒土に、やわらかい草緑色のフキノトウが顔を出していた。車の運転役である妻は、おなじ期間インフルエンザで寝込んでおり、まだ体調が万全ではなかった。

わたしは車から降りない。出発前の湿った宣明は、にわかに春めいてゆらぐ山の気に触れてあっさり霧散し、四人のうちでもっとも熱心に鎌でフキノトウを切っていた。

空き家の囲炉裏に火をおこし、自在鉤に吊るした鍋でうどんを煮込み、地産の純米酒をぬる燗で呑んで昼寝し、芯からぬくもって家に帰った。

すぐに味噌、みりん、砂糖をあわせて軽く火にかけ、手早くフキノトウをきざみ、上質なごま油で炒めつつ味噌を加えてゆく。あら熱をとってから、台所に立ったまま一口食べてみると、さわやかな苦みが口内に拡がり、足りなかったものが胃に届く前にそこらの粘膜から吸収され、だるさの残っていた肘や背のあたりに浸透してゆき、からだ全体がしゃきっとした。

早春にフキ味噌を食す。

どこかで冬眠のモードに入っていたらしい動物としてのからだが、この大事な年中行事をきちんとこなすことできっぱり覚醒したのだった。

もう偉そうなことは言わない。

「わたし」は「からだ」だ。


（読売新聞夕刊　二〇一六年四月五日）

夫婦

信州佐久平を北に向かうと道は登りになり、巨大な山体を見あげるまでもなく、このゆるやかな勾配は浅間山の裾野そのものなのだと知れる。

そんな住宅地の、民家を改造したカレー専門店の座敷に初老の夫婦が座っていた。窓には噴火警戒レベルが2に上げられたままの浅間山の火口付近がおさまっている。

「浅間山、今年もだめだね」

白内障の手術を終えてから、車の運転後に涙が出やすくなっている眼をハンカチで押えながら妻が言う。

心身を病んだ夫のリハビリとして始まったこの夫婦の登山歴はもう十数年になる。浅間山は花が豊かで、とくに第一外輪山から旧火口に下る高低差三百メートルの「草すべり」に咲き群れるノアザミの濃い色を夫は好んでいた。しかし、この急斜面は火口と正対しているゆえ、ふいの噴火や水蒸気爆発で噴石が飛んでくれば身を隠す場所がない。御嶽山の突然の水蒸気爆発をテレビで目にして以来、夫婦は浅間山に登っていない。

「カキのチーズグラタンだってさ」

注文の品が来るまでの時間つぶしに主婦向けの料理雑誌を読んでいた夫が、座卓上に広げたページを妻に向けた。

「軽く炒めたホウレンソウを敷いた上にカキを並べてピザ用チーズね」

妻は手持ちのバッグにレシピを写すメモ帳を探したが、見あたらない。

「夕飯はこれだな。ナツメグを忘れそうだから、これはおれが覚えるか」

今年は例年になく早く採れた山菜を食べ飽きた春のこの時期、カキを、海の濃厚なエキスを身に入れたい。

「あとはわたしが覚えるからいいわ」

妻が言ったところで、注文のグラスドビアンカレー中辛が運ばれてきた。褐色のカレーをひと口食すと、スパイスが混然一体となって口腔内に拡がり、咀嚼、嚥下すれば歯肉、舌、咽頭、食道、胃の血流がさわやかな辛さに導かれて増えてゆくのが体感される。

　金曜と日曜の昼しか営業しないこの店に、プールでからだをほぐした日曜の午後、夫婦が月に一度くらいのペースで通うようになってもう何年にもなる。定年間際の勤務医である夫は、妻とおなじ年代の女性患者さんたちの訴えるストレスの主因が夫の存在そのものであるのをよく知っている。だから、妻との会話では意識して丁寧語をはさむ。もとより他人である夫婦の仲ゆえに、正しい礼儀は要る。

「やっぱり、このカレーを食べちゃうと、夕飯はうどんだけでいいですかね」

　薬膳のごときカレーが入り、カキのエキスは不要になった。カレーを食べる前の「わたし」が変容したのだ、と説明した。

「ふつうの奥さんなら、ここでキレるよね、きっと」

　妻は淡々とカレーを食べ、静穏を装う浅間山は常よりやや多めの噴煙をあげている。

（読売新聞夕刊　二〇一六年五月十五日）

帰り路

三十七歳で芥川賞を受賞した翌年の秋、総合病院の病棟責任医長の役を降りざるをえなくなった。二階の医局の大部屋から三階の、多くのひとたちの最期を看取った病棟への階段を昇ろうとすると、動悸とめまいに襲われ、足が一歩も出なくなってしまったのだ。

健康診断部門に回してもらってなんとか二十五年近く生きのびたけれど、この仕事も、受診者それぞれの口調や身ぶりから感受される個性にあわせて検査結果を説明する必要があるので「わたし」をその都度微妙に変身させねばならず、その微調整の疲労がからだの芯に蓄積してくる。

ほぼ毎日だが、心身ともに疲れ果てたと感じる夕刻は、なるべくからだを動かす。裏口から出て、速歩をこころがけつつ遠回りして家に帰る。

千曲川沿いの桜並木を歩いていたら、突然の強風が花吹雪を起こし、しばらくのあいだ正面にそびえる巨大な浅間山が視界から消えた。すると、いま、どこにいて、どこへ行こうとしているのか、まったく分からなくなった。

不安や恐怖は感じなかったが、平凡な日常にふいに出来《しゅったい》した、あまりに美しすぎる状況が創り出す異界への入り口を見てしまったゆえ、急に小説を書きたくなった。向こうの世界に行ってしまいそうな「わたし」をことばの綱でつなぎとめておかねばならない。

しかし、小説にとりかかると、虚構の世界を護持しつつ生身のひとたち相手の医業をこなさねばならず、虚実の境のあいまいさに揺さぶられ続ける心身の疲労は常の倍以上になる。ふつうの生活を営みながら、怪しく、物狂おしい行為に没頭できる体力、気力がもうない。

近所の老人たちとタラの芽、コゴミなどの山菜を採りに山に行ったりするが、いきなり寒くなった日は、新緑の山肌が色あせて眼に映って春秋の判別に自信が持てず、いろんなことが歳とともにあいまいになってきたなあ、と老境を素直に面白がりつつ過ごしていたうららかな小満のころ。

帰り路の途中にあるコンクリ製の田のあぜ道に入った。幅二十センチ、高さ七十センチ、長さ七十メートルほど。田の持ち主の許可を得て、からだのバランス訓練に使わせてもらっている。戸隠山の「蟻の門渡り」のごとく、墜ちれば命がないやせ尾根に見立てて渡っていると、「わたし」は「墜ちたくない者」のみとなり、雑念は消える。

その日も気軽に渡り始めたのだが、早苗のなびく広い田の水面にはさざ波がたち、前方の、蓼科山の支稜線に沈みつつある巨大な夕陽が乱反射し、無数のきらめきが眼を射てきた。あわてて身を低くしたが、あふれる光で前が見えない。バランスが保てぬゆえ、踵を返すのも困難だ。

視線を下げ、四つん這いでそろそろと渡ってゆく。たわむれにあぜ道に踏み入り、引き返せぬ事態に陥った。

あぜ道のわが身はただおろおろしていた。その必死さはことばに置き換えた瞬間、鮮度を失う。書けば必ずこの虚しさが伴うが、ことばで新たな生ものをこしらえたがる厄介な欲はまだ消えていない。

（読売新聞夕刊　二〇一六年六月七日）

山

大河原峠までは家から車で三十分ほどだが、そこはすでに標高二千メートル以上で、八ヶ岳連峰の最北に位置する蓼科山の登山口だ。

十五年前、抑うつ気分の抜けぬまま家に閉じこもっていた日曜日、妻にこの峠に連れ出され、登山の正装で山に入っていく中高年のひとたちを見ていたらうらやましくなり、翌週には登山靴を買った。

八ヶ岳、浅間山、槍、穂高、北岳、間ノ岳、農鳥岳……。すり減った底を貼り替え、多くの山々を歩かせてもらった革製の登山靴だが、さすがに重く感じられる歳になってきたゆえ、新製品に買い替えた。

平地で履き慣らしてみるとその軽さに感動したのだが、先日、初夏の蓼科山に登ってみたら、足首の固定がゆるく、石がごろごろしている登山道の途中で二度も靴ひもを締めなおさねばならなかった。軽さを得て、安定を失う。得たものと失ったものの実感は、やはり本物の山に入ってみなければわからなかったのだ。

それにしても、将軍平までの道のりはこんなに長かったっけなあ。

ルートを変えつつ二十回くらい蓼科山に来ている同行の妻もおなじ感想であった。これは要するに「落ちた葉は根に帰る」現象で、われわれが老いて小児期に帰ってきており、あのころ、日常から離れて歩く道はいつも長く感じられたのと同様のことなのだろう、と強引に結論づけた。

蓼科山登山のいちばんきついのは、将軍平と称されるわずかな平地から頂上まで、一気に二百メートルほど岩場を急登せねばならないところだ。途中、子供連れの若い母親たちの集団を追い抜いて岩場にとりついたのだが、傾斜の急な箇所では猿を真似て四つん這いで登り、高度が二千五百メートル近くなったあたりで軽いめまいを覚えたゆえ、岩に腰をおろした。

遠くの山脈を眺めつつ息を整えていたら、横を、女優の綾瀬はるかによく似たひとが凛々と登っていった。

映画『海街 diary』で長女役の綾瀬はるかが、不倫相手の小児科医と別れるとき、海辺で軽く手を挙げた。この女性と別れるのはつらいなあ、と善良そうな医者に感情移入し、画面に向かって思わず手を振り返した。となりに座る妻の唇が、ばあか、と動いた。

岩場を見おろせば、その妻は、元気に登ってくる子供連れの若い母親たちの集団に追いつかれ、次第に脇にはじき出されて懸命に岩にしがみつき、肩で息をしている。

老猿。

それはわが身もおなじで、山は動物としてのおのれの立ち位置の変容を冷徹、かつ精確に示唆してくれる。

針葉樹林のさわやかな香りを嗅ぎたくて北八ヶ岳に入るのだが、その木々も鹿に木肌を喰われ、立ち枯れが目立つ。骨格だけになった老木の下では新たに陽を浴びられるようになった幼い木がすくすく育っている。常なるものなど皆無なのだ、と山そのものに教わる。

（読売新聞夕刊　二〇一六年九月二十七日）

真夏

勤務する病院では健康診断部門と内科外来診療部門を兼務している。早朝から健康人と患者さんに合わせて「わたし」を調整し続け、疲れ果てた猛暑日の夕刻、からだはおのずと病院の裏口を出て河川敷の駐車場を横切り、千曲川の堤防に向かっていた。

十年ほど前なら、真夏のこの時期は鮎の釣り人が必ずいたのだが、堤防の石段に腰をおろして見回しても、視野にはだれも入ってこない。

このあたりは「病院裏」の名称で、スポーツ新聞の釣り欄にも紹介されていた鮎の好い釣り場だったのに。いつから釣れなくなったのか、原因は何か。ブラックバスを放流した不埒な輩がいて、増えすぎたバスが鮎の稚魚を食べてしまうとか、いや、カワウが食べるだとか様々な説があるようだが、むかし飼っていた雄猫のトラの晩年のごとく、狩猟本能は衰え、目の前にネズミが歩いていても追う気力は完璧に失せたゆえ、詮索する気にもならない。

まだ若かったころ、病棟で次々と亡くなってゆく末期がん患者さんたちの看取りに疲弊し、昼休みに川べりに出てみたら、盛んに底石の苔を食む若鮎たちの魚体が銀色に光るのを見て生きなおす力をもらい、ふたたび病棟にもどれたものだったが、あれは幻だったのか。それとも、いま、都合よく制作されただけの過去物語なのか。

川音を聞いていたらたまらなく眠くなってきて、背のザックを枕に、堤防に刻まれた石段に横になった。空が底抜けに青く、瞼を閉じれば灰色の意識は成層圏の群青に溶けてゆく。

川岸から数歩流れに入ったところにある平たい石に乗り、八メートルの竿を出す。糸は長めの九メートル。オトリが元気よく泳いで流芯を抜け、対岸に近づくのが目印の色付糸の動きでよくわかる。

ふうっと一息入れ、いくらか糸をゆるめ、オトリを自由に泳がしてやる。

目印がすっと斜めに走る。寝かしていた竿を立てれば、先が大きくしなり、掛かった手ごたえが手首に伝わる。慎重に竿を寝かせつつ下流に歩んで寄せてくると、ぴんと張った糸の先の水中にオトリ鮎と掛かり鮎の黒い背が見える。竿を肩に担ぎ、上腕を挙げて頸部とのあいだに固定し、両手で糸をたぐり、寄せきれば腰のベルトにさした玉網を右手で持ち、左手で引きあげた二匹の鮎を受ける。すかさず玉網を膝で挟み、流れの中でオトリの鼻環をはずし、野鮎に仕掛けを付け替えて沖に放つ。玉網のオトリをベルトに付けた縄で引いている舟に入れ、玉網の柄を背にさすと同時に、またも目印が勢いよく下流に動く。

釣れた鮎を持ち寄って河原で焼き、洗ってはらわたを出した鮎のぶつ切り入りの味噌汁を作り、職場の仲間とビールを呑んだ、あの真夏の昼下がり。

空に溶けた時間はほんの五分ほど。すべて夢だったのかもしれない。でも、それならそれでいいと思える歳まで生きてしまった、この真夏。

（読売新聞夕刊　二〇一六年八月二日）

鮎引舟

賞状の類を部屋に飾る趣味はないが、一枚だけ例外があり、勉強部屋の壁際に置いたガラス戸付の本棚の中に入れてある。それには昭和六十三年七月十七日の日付と、町の観光協会長を兼ねる当時の町長の名が記されている。授賞の理由は全国鮎釣り大会準優勝。

たしか第三回目だったと記憶するが、町の中心を流れる千曲川の橋と橋のあいだの三百メートルほどの区間で鮎釣り大会が催された。全国とうたいあげたのは、この大会をいわゆる町おこしの起爆剤にしようと企画したひとたちがいたからだろう。ふりかえれば信州の田舎町の宅地価格が上がり続けていたバブル末期のことであった。

大会の規則は友釣りにかぎり、午前八時から十一時まで、釣った鮎の数を競う。

　勤務する病院の裏を流れる千曲川で鮎が釣れるのは研修医として就職したときから知っていたが、オトリを用いる友釣りはいかにも難しそうでとっつきにくかった。でも鮎は釣ってみたかったので、鮎釣りに関する本を読んでみると、深くて流れがゆるやかで底に石がある場所では毛バリを上下させて釣るどぶ釣りができる、とあった。さっそく、休みの日に河原を歩き回り、それらしき淵に仕掛けを沈めてみるとよく釣れた。入れ食いの状況を見ていた友釣りしか知らないひとたちのなかから真似をするひとが続出した。

　あまりに釣れすぎ、友釣り愛好家から不満の声が漁協に寄せられたらしく、翌年、解禁日より一定期間はどぶ釣りを禁止する、とのおふれが出た。以来、地域の鮎釣り規則に禁止事項を加えさせた悪党として、一部のひとたちに知られる者となった。

　仕方なく、鮎釣り名人の病院職員から古い竿を譲り受け、友釣りを習った。真夏の日曜の夕刻、千曲川は暮れなずむ浅間山に向かって流れ下り、山はその水のすべてを吸収しているかのように赤っぽく膨らんで見えた。この風景を堪能するために川に出ていたのかもしれない、といまになって思う。

川に出れば数匹の釣果は必ず得られ、鮎の塩焼きがわが家の夕食に供されない夏はなかった。しかし、昭和が平成に変わったころから鮎は急に釣れなくなった。河川改修の影響など、いくつも理由が挙げられるがどれも確かなものはない。

おまえがまぐれで鮎釣り大会で準優勝し、翌年、芥川賞なんか獲って運を全部持ってったからだ、との鮎釣り好きの病院職員の声があったが、彼らもいまでは全員退職してしまった。

得るものがあれば必ず失うものがある。

鮎釣り大会の副賞として胴長の腰のベルトに付けて引き、釣れた鮎を入れておく舟をもらった二年後、心身を病んで川に行く意欲を喪失した。

あれから二十数年、なんとか川の流れを見てもめまいを覚えぬくらいまでには回復し、ここ二、三年は時代遅れの道具を引き、年に一度だけ鮎釣りに出るが、釣果はゼロである。

（日本経済新聞夕刊　二〇一六年八月二十二日）

登山靴

東京郊外の都立高校に通っていたころ、音楽の時間に「夏の思い出」を習ったのをきっかけに、夏休みに尾瀬に出かけた級友たちがいた。

二学期の始業日、彼ら持参の写真を見せてもらうと、きちんとした登山用の服装におそろいのチロリアンハットをかぶった数人が太い木によりかかり、枝の切りあとが古くなった突起物にみなで触れていた。

「なんだかおれのによく似てておお」

との彼らのジョークに笑って応じながらも、これだけの登山装備をそろえる余裕のない家で暮らしているわが身の立ち位置を寂しく思い知らされた。

義理の息子と仕方なく暮らしているそぶりを隠さぬ看護師の継母は常に不機嫌だったし、もとより婿養子である安サラリーマンの父は上州の山村に住む祖母や姉に仕送りせねばならず、金はなかった。

浅間山、四阿山《あずまやさん》、草津白根山に囲まれた村で生まれ育ちながら、登山の経験は皆無だった。育ての親である祖母に連れられて入る裏山は、冬の燃料や堆肥になる枯れ枝、落葉を集める生きのびるための仕事の場であり、断じて遊びの地ではなかった。

研修医として信州の総合病院に勤めるようになってからも、山には縁がなく、住んでいる佐久平から見渡せる峰で、正確に名指しできるのは噴煙をあげている浅間山のみだった。

三十七歳で第百回芥川賞受賞。翌年の秋、パニック障害を発病し、医業、作家業ともに中断せざるを得ない事態に陥った。

病棟担当から健康診断部門に移してもらい、鬱々として楽しめぬ四十代を過ごし、五十歳の誕生日に本格的な革製の登山靴を買った。高校時代の級友たちから遅れること三十数年、紆余曲折を経てようやく山に入る服装を整えられたのだった。

かたちが決まるとからだはおのずから山へと向かい、ほとんどは妻に付き添われてだが、居住地から見渡せるほぼすべての峰々に登り、正確に指さして名を告げられるようになった。浅間山というのは旧外輪山である黒斑山、噴火を繰り返して上昇した前掛山、そして、火口のある釜山などの総称であるのも何度か登ってみて初めて納得できた。

やがて、職場の若い衆たちに連れられて北、南アルプスのテント泊にまで出かけ、その記録を「山と溪谷」に載せてもらい、本にまとめるという厚顔ぶりを発揮するまでになった。この『山行記』はいまは文春文庫になっているが、解説を女優の市毛良枝さんに書いていただくという無理を編集者にお願いし、なんとかかなえてもらった。

底を貼り替えて履き続けたドイツ製の登山靴も、さすがに重く感じられる歳になってきて、今年、おなじメーカーの新製品を購入したが、ちょっと柔らかすぎるので岩場では頼りない。

やはり身になじんだ道具は捨てがたい。

（日本経済新聞夕刊　二〇一六年八月二十三日）

オイルライター

　タバコは医学生になってから本格的に吸い始めた。それまでは、高校生の頃、たまに父のハイライトを一本くすね、深夜、近くの小学校のブランコに腰かけて吸ったりしていたが、都心の予備校に通うようになって、タバコを吸っている学生はおおむね成績がふるわないのを目にし、きっぱりやめていたのだった。

　秋田市の下宿の三畳間でショートホープを吸い、ラジカセで森山良子の「この広い野原いっぱい」を聴きながら、駅の方をながめ、都落ちの悲哀にどっぷり浸っていた。早稲田の法学部に合格し、入学金も払っていたので、いまならまだ東京に帰れる。でも、早稲田を出て有名銀行に就職しても自転車押して預金集めから始めるんですよ、あなた、そういうのに向いてないみたいだから医者のほうがいいんじゃないの、と諭してくれた予備校の進路指導のおっさんのことばが常に脳裏によみがえる。

　新設の秋田大学医学部の、教育学部の校舎を間借りしておこなわれる一般教養や基礎医学の講義にはまったく魅力を感じなかった。いま、このキャンパスのインフォメーションセンターには「南木佳士コーナー」があり、著書や生原稿が展示されているらしい。秋田から信州まで出かけてきて企画を持ち込んだ事務職の若者が生真面目で好印象だったゆえ、つい協力してしまったが、恥ずかしくて見に行ったことはない。

　テレビの懐メロ番組で「この広い野原いっぱい」が流れると、いたたまれなくなってチャンネルを変える。六十四歳になったいまでも、あの時代の愁いがそのまま蘇ってきて、からだ全体がざわつき、情緒不安定になるからだ。

　喫煙の習慣はその後も続いた。医学部五年生の夏、どこかよその国でも人間がちゃんと生きているのをこの目で見ておかないと精神的に窒息してしまいそうだったから、夏休みにカリフォルニア大学バークレー校の「外国人のための語学講座」を一ヶ月間受講した。

日本からの大学生二百人ほどを、最初のリスニングテストの成績順に二十クラスに分け、おもにバークレー校の大学院生が教えるものだった。十番目のクラスに入った。

宿舎は四人部屋のアパートで、同室になった学生のうちの二人がすぐにオイルライターを買ってきて、ジーパンでこすって蓋を開ける練習をしていた。下位のクラスにいた育ちのよさそうな彼らは語学の勉強よりもアメリカでの生活そのものを楽しんでいる様子だった。英会話ってさあ、伝えたいことがあれば、中学程度の英語力で大丈夫だってことがわかったよね、という彼らの短期留学総括には大いに賛成だった。

一ヶ月はあっという間に過ぎ、新たに来た学生たちと受けたリスニングテストでは三番目のクラスになっていた。

彼らの持っていた銀のオイルライターは高くて買えなかったから、帰国して安いのを手に入れ、使ってみたが、蓋を閉めるときの音が明らかに異なっていた。

医者になってすぐ、銀製のものを購入し、何度も失くしては買い、禁煙に挑戦もした。しかし、受持ちの患者さんが亡くなると、遺族に経過説明を終え、裏口からの遺体搬出を待つ間、医局食堂のソファーにもたれ、あーあ、と声を出してからどうしてもタバコに手を出してしまうのだった。

心身ともに疲弊してタバコが吸えなくなってから数年後、新たに銀のライターを買い、以後、仏壇に置き、線香の点火に用いてこんにちに至る。

平成5年5月5日の刻印が錆びかけている。

（日本経済新聞夕刊　二〇一六年八月二十四日）

急須

来春で六十五歳の定年をむかえる勤務医として、いまさらながら、なぜ医者になったのだろうと考えてみると、いくつか思い浮かぶのだが、最後には田舎でもできる仕事を身につけたかったから、との単純な結論に至る。

中学二年の春に、浅間山の噴火が目視できる上州の山村から上京した身にとって、東京は多様な価値観を見聞きし、進路を定めるには適していたが、生活する場所ではなかった。

なぜなら、満員電車での通学では必ず腹が痛くなってしまい、とくに、都心の予備校に通っていた浪人時代は、三鷹から乗る中央線各駅のトイレすべてにお世話になった。典型的な過敏性腸症候群の症状だが、これでは東京で暮らすのは無理だな、とからだを主に、すなわち、主体的に想いをめぐらし、東京の大学の文科系学部をあきらめ、苦手な数学の解法を丸暗記して医学部を受験した。結果、新設二年目の秋田大学医学部に入った。

昭和四十六年当時、国立大学は旧帝大や旧医大の属する一期校と、戦後になって大学に昇格した二期校に分かれており、一期校の入試に落ちた者たちが二期校を受験するシステムになっていた。

予備校の進路指導では合格確実とされた一期校に落ち、生物を試験科目に入れていた二期校医学部は東日本では東京医科歯科大と秋田大しかなかったゆえ、二浪を避けるためには後者を受けるしかなかった。一期校の合格者番号が貼られた掲示板を見上げながら、精いっぱいやったのだから二浪はもう無理だな、これが限界だな、と明確に自覚した。

北国での医学生としての鬱屈した生活は出版後二十年以上経っても版を重ねている『医学生』（文春文庫）に詳しく書いた。この本に共感してくれる若者がいるということは、青春とはいつの時代でも思いどおりにならず、みっともないものらしい。

ある日、銭湯の帰りにふらっと寄った店で、急須を見つけた。万古焼の急須は布巾で磨くと艶が出る、と教えてくれたのは、三歳のときに結核で逝った母に代わって育ての親になってくれた母方の祖母だった。そんな年寄りくさいことはやめろ、と父は叱ったが、急須を磨く習慣は幼い身に沁みついた。しかし、東京に出てからはこの癖が消えてしまった。

貧乏学生にとっては高い急須だったが、たまたまパチンコで勝ったあぶく銭があったので買い求め、以後、雪に降りこめられて勉学の意欲の萎えた日々には、安アパートの寒い部屋で一日中これを磨き、おのれの根を確認しつつなんとか正気を保った。あまりにも講義に出ないので心配してアパートを訪ねてくれた級友は、炬燵にあたって急須を磨いている姿を見て絶句していた。

あれから四十年、急須はいまでも手元にあって、祖母や母の位牌の並ぶ仏壇に供える茶を煎れるため毎朝用いている。心配してくれたあのときの級友は数年前に癌で逝った。

割れた日が縁の切れ目となる覚悟は常にできている。

（日本経済新聞夕刊　二〇一六年八月二十五日）

ルーペ

胸のレントゲン写真（胸部単純X線写真）は、咳が長びいたりするときは必ず撮っておかねばならないもので、呼吸器疾患の診断には必須の検査だ。X線被ばく量がCTよりはるかに少ないので経過観察に適しているし、丁寧に読んでいくと、一枚のX線写真には意外に多くの情報が含まれている。高齢者の肺のわずかな白い影から本人も自覚しなかった結核の既往を読み取れたりもする。

信州の総合病院での研修医二年目に呼吸器内科部門を担当させられた。東京で長く肺結核外科を専門にしてきた医師が赴任し、外来を開設するゆえ、おまえが入院患者さんを担当しろ、との辞令だった。一年だけ、との約束だったが、なんだか知らないうちにそのままになった。

呼吸器内科部門が扱う疾患でいちばん厄介なのは年々増えている肺癌だった。胸部単純X線写真の微妙な異常陰影を見逃せば患者さんの命取りになる。独学で胸部単純X線写真の読影を学んだのだが、あるとき、これは手術可能だと判断して国立がんセンターに紹介した患者さんが、外来診療だけで返されてきた。患者さんは、胸のレントゲン写真一枚見ただけで返された、と言った。

詳細に見直してみると、病変の対側にリンパ節転移を思わせる正常構造の乱れがあり、それを見落としていたのだった。独学の限界を感じ、国立がんセンターでの研修を思い立ち、上京して担当の医師を訪ねると、院長の紹介状があれば受け入れる、との返事だった。

すでに小説を書き始めていたわが身よりはるかにきちんと勉強しそうな、あとから呼吸器内科部門に入ってきた医師が国立がんセンターに国内留学し、最先端の読影知識を身につけて帰ってきたので、あらためて彼に一から教えなおしてもらった。

やがて胸部疾患の画像診断はCTが中心になってゆくが、不必要なX線被ばくを避ける意味でも、胸部単純X線写真をきちんと読めることは医師としての基本だといまでも思っている。

X線写真の読影は、読んで字のごとく、影を読む。X線の透過度の差によってできた体内の像を、わかりやすいことばで翻訳する作業だ。基本の語彙を文脈のなかで正確に使いわける。

コンピュータが創り出す画像は不自然にリアルすぎて興味が抱けず、放射線診断専門医の報告書に頼っているが、単純写真の読みにだけはこだわっていたら、乳房X線写真に出合った。

いまは人間ドック部門にいるので、乳がん検診にも携わる。乳房X線検査（マンモグラフィ）の読影には認定医試験があり、二時間で百例のX線写真を読み、一定の正答率を出せないと認定されない。

二日間の講習のあとの試験で落ち、六ヶ月の自己研修を積んだあとの試験でまた落ち、三度目で合格した。失敗からしか学べぬ身の定めをよくよく知った。

乳がんのX線写真には細かな石灰化が見られたり、腫瘤の辺縁に微細なギザギザが認められる。それを見逃さないため、いまでは画像の拡大、縮小が容易に操作できるが、むかしのフィルム時代の癖で、最後にはルーペが読影に必携の道具になる。

老いた眼のリアルは旧式なルーペの低い倍率でしか補えない。

（日本経済新聞夕刊　二〇一六年八月二十六日）

旧石器時代

仕事帰り、残暑というには容赦なさすぎる夕陽に向かって田園地帯の農道を大股で歩いていたら、ふらっとした。あわててザックの水筒を取り出し、残っている茶を飲んだ。

熱中症よりも、むかしなじんだ熱射病の病名のほうがしっくりする状況だな、との想いがよぎる程度の余裕は脳に残されていた。最近、速く歩くことにこだわっている。

速めに歩いて脳の血流を増やすと、セロトニンなどの脳内神経伝達物質が増え、結果としてうつ病の再発を防ぐことができる。そう教えてくれたのはハーバード大精神医学准教授が書いた一般読者向けの本だった。(『脳を鍛えるには運動しかない』ジョンJ・レイティ&エリック・ヘイガーマン著　野中

香方子訳　NHK出版）

また、我々のからだは後期旧石器時代までに進化してきたほぼそのままのからだであり、当時は、狩猟・採集のため一日十キロ前後移動し、多種類の植物や、狩りで得た動物の肉を食し、余分なカロリーはすべて脂肪として蓄えていた。その後、ヒトは周囲の環境を激的に造り替え、多くが労せずに好きなだけ食べられる世界を現出させてしまったのだが、からだは急には変化できていない。旧石器時代のからだと現代の環境のあいだに生じたミスマッチによって、肥満、糖尿病、高血圧、脂質異常をはじめ、うつ病を含む精神疾患までもが惹起されているのではないか、との興味深い考えを伝えてくれたのもハーバード大人類進化生物学教授の本だった。（『人体600万年史上・下』ダニエル・E・リーバーマン著　塩原通緒訳　早川書房）

みずから長寿を望んだことはなく、きょう一日を快適に過ごしたいとのみ念じてからだを動かしてきた。これは信州の田舎町にある総合病院の内科勤務医として約四十年間、地域の九十歳を超える長寿老人たちから異口同音に聞かされたことばだ。

四十歳代のほぼすべてをうつ病の不快な症状にからめとられてきた身には、心身ともに「快」である以上の人生の目的はもうない。

茶を飲んで気を持ち直し、歩速をややゆるめて水路の脇に出た。心地よい水音が耳から水分を補給してくれる。

葉の茂る木の下に立つ日焼けで真っ黒な顔のおっさんが手招きしている。髭が濃く、目が大きく、本で見た旧石器人のイラストそのままだ。

木には熟れたプルーンの実がたわわになっていた。好んで食べたことはないのだが、おっさんの好意を無にできず、もいでかぶりついてみたら適度な甘みがからだにしみわたり、生き返った。

木陰にはすでに秋の気配を含んだ風が吹いており、もう少し生きられそうな気がしてきた。素直にそう話すと、おっさんは、大げさだあ、ばかやろうが、と旧石器時代の笑顔を見せた。

（読売新聞夕刊　二〇一六年八月三十日）

夕方

朝いちばんに吸い込む大気に、稲穂の香ばしい匂いが微かに感じられる休日、スポーツジムのプールで泳ぐ。大きく、ゆったりしたストロークのクロール、からだが沈みがちの平泳ぎ、そして二十五メートルの最後のあたりで溺れそうになるバタフライ。

ぬるい水と戯れていると、やがて肩甲骨のあたりから水に溶けてゆく。常に身にまとわりついている「わたし」というオブラートのごとき薄膜が失せてゆき、このまま溶けきってしまえば楽だろうなあ、と感じるあたりで水からあがらないとあとで筋肉痛に悩まされることになる。

午後は昼寝。

むかし、心身不調だったころは、昼寝さえできればリラックスできるのに、と念じて横になるのだが、動悸や不整脈を感じるばかりで一睡もできず、焦燥感をつのらせていた。だから、眠れるようになったありがたさは格別だ。

起きたとき、ああ、一時間も眠ったのだな、と確認し、安堵すると、それだけで明日を生きるエネルギーが注入された気分になれる。

夕方、缶ビールを持って家を出る。

わが家の北側にある畑の隅にスチール製の物置が設置されている。なかは三畳ほどのスペースで、テーブル、椅子、プロパンガスコンロなどが備わっている。

現役の解体業者である七十四歳のおっさんが、現場で不要になった物品をトラックで運んできてこんな別荘を作ったのはもう十年くらい前だったたか。寒くなれば物置のなかで、暑い時期は外に椅子とテーブルを出しておっさんは焼酎を呑んでいる。定年退職したもう一人のおっさんが仲間で、いつも二人で呑んでいる。

たまに、あのカラスどもはどこへ帰るだやあ、とか、トンビはあんな高いとこで何を見てるだかなあ、といった、まったく意味がないからこそ貴重な会話に加わりたくなって、夕方、出かける。

専用の布製椅子に腰かけて待つがおっさんたちはまだ現れない。暑さの残る時間帯、缶ビールがうまい。見あげれば高い空に雲が、さまざまな形の雲が。青空が脂肪、雲は乳腺。この二年間、認定医試験のために勉強してきた乳房X線撮影（マンモグラフィ）の像が連想されてしまう。青空のなかに薄い雲が散在し、やがて集まって空を隠し、厚くなった雲がゆがむ。乳がんの所見を見落とさないためには、乳腺の構造の微妙なゆがみを見落とさないことが大事なのだ。

雲の動きに見とれているとあっという間に三十分が過ぎ、風が冷たくなってきた時分におっさんたちがうれしそうな顔でやってきた。

十月のキノコ狩りの日程についてきわめていい加減に話し合う。

雲は雲、空は空としてあるがままに見られぬ未熟さをひとり静かに恥じ、山の端に沈む正円の夕陽に横目で顔をさらせば、この小屋の常連で先に逝った二人のおっさんたちが呼んでいる。


（読売新聞夕刊　二〇一六年九月二十七日）

キノコ狩り

近所の男衆四人に誘われてキノコ狩りに行ったのは十五年ほど前のことだ。山に入ってすぐ、ほれ、それがリコボウだ、と教えられ、勇んで茶色い傘のキノコを数本採り、ビニール袋にしまった。生まれ育った上州の山村ではキノコ狩りは盛んでなく、祖母にチチダケを教えてもらったことが数度あるだけだった。

途中、みなの収穫量を見せ合ったとき、どうですか、と自信たっぷりでビニール袋を開いたら、長老が、こりゃあだめだね、と静かに微笑んだ。軸に折り返しがあるかないかがリコボウと、誤って食せばひどい下痢をするこの毒キノコとの違いなのだと丁寧に教えてくれた。

最初に毒キノコを採らせたおっさんの方を向くと、しらん顔でタバコを吸っていた。

その後、長老は尾根の上からこちらを呼び、ムラサキシメジの清楚な群生を見せ、採らせてくれた。生まれて初めてムラサキシメジの品の良い姿を目にし、からだの芯からわくわくした。さっさと採って先に進めば楽なのに、名を呼んで知らせてくれた好意がなによりもありがたかった。

何年かのち、長老が晩酌中に倒れ、奥さんに請われて駆けつけ、懸命に心臓マッサージを施していた最中、ふいにあの秋の日の光景が想い出され、額の汗に涙が混じった。

長老を失って以来、近所の男衆とキノコ狩りに出かけても、信頼できる最終鑑定人がいないため、女衆は収穫物に手を出さなくなった。

長老は寡黙なひとだった。遺ったのは酒呑みの無駄口たたきか、あまり呑めないけれど小説なんぞ書いているきわめて怪しげなのもいたりして、知る者は語らず、の真逆の男たちばかりだったゆえ、女衆からの信頼度はほぼゼロだ。

女たちが用途によって男たちを吟味し、じぶんたちの生存に役立つ者を選別する。人類がずっと継承してきたはずの、生きのびるための知恵をあからさまに見せつけられ、お見事、とうなだれるほかはなかった。

信州生まれの隣家の奥さんの実家は上州との県境の山深い村にあり、マツタケ山を所有している。ここ数年、連れて行ってもらってマツタケを探すが一本も採れなかった。今年もだめだろうとあきらめかけて、指定された区域からやや離れたところで松の木の根元を見ていたら、傘の開いた大きめのキノコがあった。

もしかしたら、と地に伏せ、鼻をよせてみれば、まごうかたなきマツタケの香り。それが食えるものか否か、判断の決め手は視覚ではなく嗅覚であるのを山の斜面で実感する。

これまでそんな場所で出たことはねえんだけどなあ、と山の持ち主は不思議がる。

貴重な一本を採る役は、うらめしそうにこちらを見つめる妻に譲ってやった。長老より受け継いだマナーは知らぬ間に身についていたらしい。

むかし毒キノコを教えたおっさんはいまも元気でマツタケ狩りに加わり、

終われば焼酎を呑んでいる。周囲では善人から順に死んでゆくが、だまされた身もまた、記憶をおのれに都合よく改編しつつしたたかに生きのびている。

（読売新聞夕刊　二〇一六年十月二十五日）

誕生日

日暮れが目に見えて早くなっている。

勤務先からの帰り路ではヘッドランプを灯し、田んぼの畔を歩く。登山用帽子をかぶり、ウインドブレーカーを着こんで小型のザックをしょった姿はどうみても不審者だが、幸い出会うのは低空を飛ぶコウモリたちくらいだから通報される心配はない。

そんなある日、家に帰りつくと妻がいつものとおり夕食の用意をしてくれていた。内容は朝出がけに頼んでおいた六十五歳の誕生日のメニューで、うどん、じゃがいもの天ぷら、きんぴらごぼう、のみ。

還暦を迎えたときにはまだ実感が湧かなかったのだが、さすがに六十五歳になってみると、この年齢から前期高齢者と区分される意味がよくわかる。

まだ体力気力にそこそこの自信はあるが、もう一歩のがんばりがきかない、というか、ここで力み過ぎてしまえばあとで祟りがある、とからだが勝手に自制してしまう。賞味期限切れの近い食品の匂いをしつこく嗅いでしまうがごとく、書きあげた文章の推敲がくどくなる。

慢性心不全の高齢患者さんの処方を診察のたびに微妙に調整し、脚のむくみと呼吸困難の度合いを進行させぬように気を配る、そのさじ加減の最中、風に聞け何れか先に散る木の葉、という漱石の句が脳裏にぽっかり浮かび、あわてて小さく頭を振ることが多くなった。

落葉帰根。

上州の山村で暮らしていた幼小児期、祖母の作ってくれるきんぴらごぼうとじゃがいもの天ぷらが大好物だった。ごちそうといえばこの二品で、葬祭の際はここにうどんが付いた。つゆがぬるめで、こね方がいい加減なのか、コシのない地粉のうどんだった。

公式な高齢者になるのだから、ここできちんと根に帰っておこうと強く思ったのが六十五歳の誕生日の朝で、そのための夕食を妻に頼んだのだった。

隣の旅館の娘としておなじ村で生まれ育った妻はよく心得ていて、むかしそのままの味を再現してくれた。

かあちゃんの家が海の近くとかだったら夏休みに遊びに行っても楽しいのにな。息子たち二人は幼いころから、父母の実家が斜面に並んで建ち、住民のことばづかいが荒っぽい谷間の限界集落になじまなかった。結婚生活は生育環境の異なる男女が同じ屋根の下で暮らすのだから、文化摩擦は避けられない。ならば、その軋轢を最小化すればよいのではないか、と無意識が判断し、隣の娘を伴侶に選んだらしい。

人生の得失は常に等価なのだろうが、高齢化とともに、諦念と引き換えに得たもののありがたさが身に沁みる。

わが身三歳の折に肺結核で逝った母や、祖母の位牌を置く仏壇にじゃがいもの天ぷらを供え、なにげなく合掌したら、ふいに涙が湧いた。感情失禁は老化の証だが、もうそれを糊塗する気はない。


（読売新聞夕刊　二〇一六年十一月二十九日）

湯治

マンネリの暮らしは自然なるからだのリズムを保つのにとても大切だが、周囲の山川草木から生命力が失せてゆく、その寒々しさが五感にしみ入る師走になると、一年の塵が堆積した心身の重さが限界に達する。ゆえに、温泉に行く。

世のちり洗う四万温泉。

小学生のころ、学年対抗かるた大会のクラス代表メンバーとして特訓を受けた上毛かるたをいまでも覚えている。二年生のとき、五年生に勝って担任の女性教諭にほめられたものだった。だから、逃亡先はいつも上州四万温泉。

金曜日の仕事を早めに切り上げ、県境の峠を越えて宿に着くとすぐ大浴場に向かう。なめらかな肌触りの温泉が肩周辺のこわばりをほぐしてくれ、湯面近くのやわらかな蒸気を吸えば気管支が開いて常より多くの大気が肺に入り、大量の呼気とともに、ああー、と声が出てしまう。

「あ」は在るの意味で、ヒトが最初に発したことばではないかとの説を読んだ記憶がある。だとすれば、温泉につかって思わず出てしまう、ああー、は、身にまとった世俗の塵を洗い落とした裸の「わたし」がいまここに無事で在るのをみずから言祝ぐめでたいことばなのだ、きっと。

部屋の布団は敷きっぱなしにしてもらい、寝ころがって本を読む。純文学長編、短篇集、エッセイ集、エンタメ小説。窓の外を流れる渓流のせせらぎを聴きながらこれらの本を交互に途中まで読んではうとうとし、露天風呂に入ってまた読み、個室風呂からあがって読んでいるうちに二泊三日の湯治は終わる。そしてしみじみ、小説を書くのは大変な作業だな、と感じる。

ベテラン作家の最新作には緊張感が失せており、期待せずに持ってきた中堅作家の文章に、はっとさせられる一言半句を見つけ、エンタメ小説の奥深い面白さに驚く。

他人の作品を読み終え、賞味期限ぎりぎりの獣肉みたいな、食べると危なそうだけれど旨みに惹かれてつい骨までかぶりついてしまう、あと一作でいいからそんな小説を書いてみたいな、と珍しく強欲になって、谷間に小雪の舞う四万温泉郷をあとにした。

毎年、帰路のなによりの楽しみはJAあがつま沢田直売所に寄ることで、さといも、ねぎ、なめこ、山採り舞茸、十石味噌（上野村産の麦味噌）などを買い込む。

雪化粧した浅間山の裾野を回って信州にもどると、夕食に上州の食材を用いた妻の手料理が並ぶ。十石味噌で作ったなめこ汁には、信州の米味噌に慣れ親しんだ身に、おまえのルーツはここなのだ、と教えてくれる、からだの深いところに届く懐かしい風味がある。舞茸の天ぷらにも落葉広葉樹林の香ばしさが。

老舗旅館で供された一見豪華な食事より、この夕食のほうがはるかに滋味豊かだった。

（読売新聞夕刊　二〇一六年十二月二十七日）

Ⅲ

縁を活かす

若いころはまったく用いなかったのに、六十歳を過ぎたあたりから頻繁に意識にのぼることばがある。それは、縁。

五年前の正月休みに読んだ本で、適度に心拍数を上げる速さで歩くと脳の血流がよくなり、うつ病の再発防止に役立つ、との知識を得た。以来、自転車通勤をやめ、スニーカーを買って歩き始めた。

大股で背筋を伸ばし、腰骨から大腿骨の内側を繋ぐ大腰筋を意識して骨盤のなかの血流もよくするべく歩くと、衰えかけていた排尿の勢いが回復してきた。

いまでは通学途上の男子中学生を追い越す歩速になって、おっさんに抜かれた彼はくやしげに走って抜き返す。やや先に出るとまた歩いてしまう中学生にずんずん迫る。気配を感じるのか、彼はまた走る。互いに白い息を吐きつつ、他に歩む者のない田舎町の商店街の歩道で、少年と老人が厳冬の朝の歩速を競う。

縁の話だった。

急性前立腺炎で泌尿器科を受診した際、担当医から前立腺肥大を指摘された。前立腺は男性ホルモンの影響で大きくなるが、女性ホルモン様の働きをする大豆イソフラボンにはそれと拮抗する作用がある。そんな医学雑誌の記事を読み、以降、昼食には病院の売店でイソフラボン含有量の多い豆乳とサンドイッチを買う。あわせて二百八十八円。

「安っ」

と、研修医時代からなじみの女性店員がつぶやく。

「働いた分しか食べないから」

と、常套句を返す。

本を読まなければ、前立腺を病まなければ、速歩や豆乳とは縁がなかった。広辞苑で縁の項目を引いてみると、何かの因縁で思わぬものと関係が生じる意の用例が載っている。

そして、今年はエゴマ油。

上州の山村で祖母に育てられていたころ、ゆでたじゃがいもにイクサ味噌をつけて食べていたが、そのイクサがエゴマのことだと知ったのはつい最近だ。イクサの実を炒って摺り、味噌と砂糖を混ぜたのがイクサ味噌。

ながらく忘れていたその味が懐かしく、砂糖、味噌にエゴマ油を混ぜて再現し、故郷の知人から送られたじゃがいもをゆで、つけて食べてみたら、その風味のよさに深いため息が出た。えらく遠回りをしたけれど、結局帰るところはここだったのか、と。

エゴマ油にはヒトの体内で作れないアルファリノレン酸が多く含まれているので健康に良いといわれているらしい。

健康法やサプリメントにはまったく興味がなく、いまもない。けれど、縁あって、速く歩き、豆乳を飲み、エゴマ油を摂っている。

中学生が走って渡った信号が鋭い色調の赤になった。待つあいだ、開脚し、体軸を保ったまま腰を落して四股を踏む。息で曇る眼鏡越しに雪の天狗岳が自然な赤に染まっている。
信号が青。歩幅が広がる。からだが勝手にはるか先の中学生を追う。

（読売新聞夕刊　二〇一七年一月三十一日）

氷上釣り

氷点下十度を下回る厳冬の朝、まだ真っ暗な午前三時に起床し、スパイクタイヤをはいた愛車のスカイライン2000GT・ESターボに乗りこみ、八ヶ岳山麓の松原湖まで約二十分。

車のトランクに積んだままの釣り道具を子供用のソリに載せ、懐中電灯の灯りを頼りに雪の積もった氷上に出る。

あらかじめ決めておいた場所にドリルで直径十センチほどの穴を開け、水面に浮いてくる細かな氷を天ぷら揚げに用いる網ですくい、釣り糸を垂らす。懐中電灯の光は竿先と水面を照らすのみで、周囲は漆黒の松林に囲まれているが、星空がすぐそこにあるので気分は安らぐ。

紙やすりで細く削った塩化ビニール製の竿先に微かな当たりがくると、六メートル余の糸をたぐり、体長三センチばかりの小さなワカサギを得る。夢中で釣っていると、空がいくらか明るくなってくる。もっともよく釣れる時間帯だが、腕時計で六時三十分を確認すると、竿をしまう。

そのまま勤務先の病院に直行し、釣ったワカサギは密閉容器に収め、医局食堂の冷蔵庫に入れておく。そして、八時からおもむろに病棟の回診に向かう。

もちろん、あらかじめ病棟に重症患者さんがいないのを確認しておいての釣行だが、この右造医師は冷蔵庫のワカサギを家に持ち帰って妻に天ぷらにしてもらい、それをおかずにほんの十分ほどで夕食を終え、自室にこもって深夜まで小説を書き、翌朝はまた三時に起きていた。

世間はバブル景気に沸いており、財テクということばが飛び交っていたが、株や投資にまったく興味のない身には無関係な騒ぎだった。しかし、いまになって、ああ、あのころは内なるバブル時代だったのだなあ、と気づく。

身の内の限られた資源を短期間に使いまくり、それが「わたし」の平常の能力であり、この時代がいつまでも続くのだと錯覚していた。本来ならば電力消費が過ぎてブレーカーが落ちていたはずなのに、故障していたか、無意識のうちにブレーカーそのものをはずしてしまっていたのだった。

バブルが弾けるとともにうつ病に陥り、氷上の釣りには行けなくなった。

再開はそれから十五年ほどのちだが、スカイラインはとうのむかしに手放しており、ワカサギ釣り専用のテントや暖房器具、カローラに乗る妻の付き添いが必要だった。それも数年のことで、やがてこの夫婦は氷点下二十度近くになる二月の松原湖の寒さに耐えられなくなり、スーパーマーケットのワカサギで天ぷらを揚げるようになった。

これで充分だったのだ。

ぬる燗の地酒二合を妻と分け合って呑む週末、ひととして生きるマナーを知らなかった氷上釣りのころを語りあいながら、それがほんとにあったことなのかよく分からなくなる。そして、いつか必ず、あるいは間もなく起きる出来事の予行演習のごとく、ふいに眠ってしまう。

（読売新聞夕刊　二〇一七年二月二十八日）

二足のわらじ

　およそ四十年間勤務し続けた佐久総合病院を三月いっぱいで定年退職する。勤め始めて一ヶ月目にはもう辞めることばかり考えていたのに、なぜか居続けてしまった。

　この病院は、東京帝大医学部外科医局員時代に治安維持法違反容疑で一年間目白署に拘留されていた経歴を持つ若月俊一の強烈な指導力によって、農村医学を標榜する長野県一の大規模病院になった。

　研修先にここを選んだのは、若月俊一の思想に惹かれたわけではなく、生まれ在所の群馬の山村にいちばん近い研修指定病院だったゆえだ。三歳で母に死なれたこの身の存在の世話をしてくれた祖母がまだ健在だったから、彼女の近くに居てやりたかった。

しかし、医学部卒業生数が現在の半分以下の時代、地方病院の医師不足は甚だしく、充分な研修を受けられないまま現場に放り出された。

朝、出かけていって患者さんの臨終に立ち合い、ベッドを囲む家族たちのすすり泣きのなかで死亡時刻を告げる。夜、病棟からの電話で呼び出され、末期の患者さんのベッドの脇で呼吸困難を和らげる薬の投与量の調節を続け、明け方、いたりませんで、と頭を下げる。

他者の死を見続けているうちに、じぶんが何をしているのかまったくわからなくなってきた。少なくとも、それまで読んできた医者もの小説には、これほど不条理な医者の日常は描かれていなかった。美人の看護師との恋愛場面は多く出てきたが。

ならば書いてやろう。信州の田舎町の総合病院で、患者さんの死を前におろおろしているみっともない若造の姿をそのまま小説にしてみよう。

これが書き始めた動機の一端だが、医者では自己実現を果たすのは無理そうだから、小説で、との欲張った思いもたしかにあった。ただ、生身の生活者が生きて死ぬ医療現場を書くからには、どこまでも「わたし」にこだわる純文学でなければだめだった。文學界新人賞の選評で清岡卓行氏が「アクチュアリティの詩」ということばで、現場をきちんと描くことの大事さを支持してくれたのはとても励みになった。

また、芥川賞の常連落選候補だったころ、山崎正和氏が新聞の文芸時評で「平穏な日常は危うい感情の宙吊りの結果だが、それが感情の独善を防いでいる」と、作品に込めた思いを精確に評してくれ、書き続ける気力が湧いた。

病院にあっては医師、家では作家。二つの仕事を峻別するのは生きるマナーそのものだった。家族旅行は皆無で、兼業の無理が祟って心身を病み、それでもなんとか定年退職まで二足のわらじを履いてよろけつつ歩んできた。

最近、なんだか楽に歩めるので、よく見てみれば、わらじは二足ともほとんど擦り切れている。これからは悪路に踏み入った結果として皮膚のぶ厚くなってしまった素足で歩く。

（読売新聞夕刊　二〇一七年三月二十八日）

二個の時計

信州の田舎町にある総合病院の研修医になってからおよそ四十年。途中で作家兼業となり、その無理も崇ってか、パニック障害やうつ病にからみつかれたり、肺や胆囊の手術を受けたりしたが、なんとかしぶとく生きのび、この春、勤務医としての定年退職をむかえる。

苦労をかけた妻に、銀座の老舗宝飾店で真珠のネックレスを買い、贈ろうと思っている。

といっても、上州の山村で生まれ育ち、中学二年のときに父の仕事の都合で東京郊外に移り、高校はさらに西の方だったゆえ、いわゆる旧江戸地域に足を踏みいれたことはほとんどない。だから、テレビなどで銀座の象徴として映し出される時計台のあるその老舗宝飾店に入ったこともない。ただ、そこで購入したものだと教えられた時計は二個、持っている。

最初は腕時計だった。裏蓋に「第53回文學界新人賞　南木佳士殿　昭和56年11月」と刻まれている。

小説を書き始めたのはそれより三年前、研修医になって一年経ったころだった。いまでは医療系の学校を出た若者たちがいきなりひとの生死が交錯するすさまじい現場に出て精神的なダメージを受けることを表す「リアリティーショック」という便利なことばがあるようだが、当時、医学校を出たての若造が、目の前で亡くなってゆく末期がんの患者さんを看取らねばならぬ酷な現実を描いた小説はなかった。学校で病気の勉強をし、治療法についての知識は得るが、生身の人間が、前日まで親しく話していたひとが、呼吸を止めてしまい、肌が急速に冷えてゆく。その底知れない冷感を掌に受けた者の心身の冷えを表現した作品に出会った覚えはなかった。

さすがに、医者といえば白衣をひるがえしてさっそうと病院の廊下を歩くものとばかり思っていたわけではなかったが、それにしても、他者の死が日常の生活のなかに組み込まれており、おのれの暮らしをこれほどまでに拘束してくる仕事だとは、うかつだったと言ってしまえばそれまでだが、現場の医者になってみるまでわからなかった。

結婚し、子供が生まれてみても、地に足が着いている気がしない、というか、地面のいたるところに見えない穴があって、いつそこに落ちるのかわからない。その不安感は幼子をあやしているときでさえ、ふいに背後から吹いてくる寒風にさらされたような感覚で身の内に湧いた。

この不安感をことばにして物語を紡ぎ、物語の視点からいまのわが身の置かれた状況を見定める。そうでもしないと、おのれの精神を正常に保てないところまで追いつめられた。医学生時代、精神科に興味を持ったのだが、他者の精神の正常と異常の境界線をどこに引けばよいのかを一生考え続けるのは無理だと判断し、なんとなく内科の道に進んだ身にとって、医学そのものから痛烈なしっぺ返しをくらったかっこうだった。

そんなふうにして小説を書き始め、原稿用紙二十数枚の短篇を完成させ、文學界新人賞に応募した。一度でも実際に小説を書こうと思ったことのある方ならわかっていただけると思うが、長短にかかわらず、とにかく一作を書きあげるのは予想よりもはるかに大変な作業で、多くの文学好きは途中で投げ出し、読者に徹する賢明な生き方を選ぶようだ。

まあ、どうにか一作を仕上げ、新人賞に応募して一次選考にも残らないようだったら、学会発表を重ね、専門医試験の勉強もして、他者の死の前でもおろおろしないだけの最先端の医学知識と技術の鎧を身に着けた医者になればよい。みずから物語を創り、その視点からいまのおのれの立ち位置を点検し、確認した時点でまた新たな物語を創る。そんなめんどくさい生き方なんて、やってられないよな、というのが本音だった。

応募作はたしかに一次選考にも残らなかったが、たまたま読んでくれた編集者から電話があり、その後は彼の指導で小説の書き方のイロハを教わり、二年とちょっとで新人賞を受賞した。

異なった地に身を置きたい、との願望をかなえるためだけに志願したカンボジア難民救援日本医療団の一員としてタイのカンボジア国境に近い難民収容所で仕事をしているときに、バンコクの日本大使館経由の無線連絡で受賞を知った。当時のカンボジアは、自国民を大量虐殺したとされるポルポト派の兵力が、ベトナムに支援された政府軍によって国境地帯に追いつめられており、戦場から逃れた農民や市民が国境を越えてタイ領内に避難して来ていたが、地雷原を通らねばならぬため、脚を吹きとばされた負傷者が多く運ばれてきた。

そういうひとたちの治療に明け暮れていたなかでの授賞の連絡は、相対的にインパクトの小さなものとなったが、小説を書く行為に特権的な意味はない、と悟らせてくれた点ではありがたい状況での受賞だった。

任期を終えて帰国した翌日、紀尾井町の文藝春秋社屋の一室でささやかな授賞式があり、腕時計をもらった。信州の病院に入院しておられたころ、病室で一度だけ小説の話をうかがったことのある『楢山節考』の作者の深沢七郎さんが駆けつけてくださり、万年筆をいただいた。

高級腕時計はいまでも冠婚葬祭のときには必ずつけている。そして、万年筆も、ペン先がだいぶすり減ってしまったが、大切なひとへの謹呈本のサインに用いている。

二個目の時計は懐中時計で、細かく打ち出された銀製の裏蓋には「第百回

芥川龍之介賞　贈南木佳士君　平成元年二月十三日　日本文学振興会」と彫られている。

芥川賞の候補にはそれまで四回なっていた。あとで知ったところによれば、この期間の受賞率は約五割で、上半期・下半期あわせて二十回のあいだに、受賞作なしが九回ある。これは選考委員のなかに辛口批評で名高かった開高健氏がいたためだといわれているが、第百回で受賞した「ダイヤモンドダスト」への選評はあたたかなもので、とてもありがたかった。

それまでは、新人賞作家とはいえ、アマチュアとしておのれの居場所の確認のために物語を書いていればよかったのだが、芥川賞作家となると、プロとして締め切りを決められた仕事に取り組まねばならなくなった。勤務医としての医業をおろそかにすることなく作家の仕事をする。

無理だった。

受賞翌年の秋にパニック障害を発病し、うつ病に移行し、病棟勤務からははずされ、かろうじて健康診断部門の仕事をこなしながら、こんなふうになってしまったおのれの根をことばで再構成し、もう一度生きなおすために、三年ほどの休養期間を経てまたペンを執るようになった。

　五十歳になったころから近くの山に登り、努めてからだを動かすようになってから、心身の調子が整ってきた。

　永いあいだ、精神不安定な夫を見守ってきた妻の心労はいかばかりだったかと、いまになって頭がさがる。だから、お礼にネックレスを買うのだ。店の場所は、一度だけ、擂り切れた腕時計のバンド交換で行ったことのある妻だけが知っている。


（「銀座百点」二〇一七年四月号　No・749）

定年後の夕景

夕方になると目がひどく疲れる。

春に信州佐久の総合病院を定年退職し、非常勤医になったのだが、常勤時の人間ドックの診察、肺がん検診の胸部単純X線写真読影に加えて、乳房X線撮影（マンモグラフィ）の画像を読む仕事が加わったからだ。

若いころは呼吸器内科を担当しており、胸部単純X線写真の読みには慣れていた。肺がんの手術で摘出された肺葉の標本と術前のX線写真を詳細に見比べ、知識を確実なものにするべく努めたりもしていた。

それが、芥川賞受賞の翌年、三十七歳でパニック障害を発病し、やがてうつ病の泥沼にはまり、臨床の現場はもちろん、作家の表舞台からも降りざるをえない事態に陥った。

末期がん患者さんの診療をおこないつつ文芸誌に小説を発表し続ける行為は、いまふり返れば、おのれの技術、体力の限界を無視して北アルプスの険悪な岩稜地帯に足を踏み入れ、根拠なき楽観にそそのかされて歩いていただけであり、滑落事故はあらかじめ予想されていた喜劇でしかなかったのだとわかる。

病院の健康診断部門にまわしてもらい、なんとか生きのびた。山を歩いたり、プールで泳いだり、それまでまったく無視してきたからだの手入れを始めてようやくある程度は元気になった。年間一万三千人以上の受診者を受け入れる人間ドック科責任者の立場で、四十年勤続の定年退職を迎えられたのはまさに奇跡であった。

しかし、その間、この身が担わねばならなかった責務を負い続けてくれた後輩、同僚の医師二人に進行の速いがんで先だたれた。心身のリハビリのつもりで細々と書いていた小説やエッセイをセンスのよい本にまとめてくれた女性編集者もがんで逝った。

自裁の手段を考えない日はないほどに追いつめられ、周囲から、あいつはもうだめだ、とみなされることで多くの雑事から背を丸めて逃れ、かろうじて生きのびられた卑小で皮肉な存在である「わたし」を常に忘れない。

けれど、目は疲れる。

定年を二年後に控えたある日、ふと思い立って独りで乳房X線写真読影の勉強を始めた。NPO法人日本乳がん検診精度管理中央機構が実施する二日間の講習会を受講し、読影試験に合格すれば認定医になれる。

一年半かけ、三回目の試験で合格した。だれの助けも借りずに認定医になろうと意地を張っていたのだが、二回の不合格で実際の乳がん症例写真を多く読まねばだめだ、と気づき、乳腺外科部長に頭を下げ、乳がん患者さんの術前画像を読ませてもらう許可を得てようやく合格したのだった。みずから恃むところすこぶる厚く、失敗からしか学べぬ性格はどこまでも付きまとうらしい。

定年直後の春から乳がん検診の一次読影に参加した。最終判定を下す二次読影は経験豊富な現役女性医師が担当する。

様々なモニタが並ぶ読影室の片隅に厚いカーテンで照明をさえぎった区画

がある。手元の字がようやく読める暗い環境で高輝度、高精細のマンモグラフィ専用モニタ画像を相手にマウスで拡大や画質調整の操作を施し、乳がんの微妙な変化を見逃さぬよう気を配る。

目の疲労がつのってくると視野がぼやけてしまう。そうなる直前に切りあげ、ザックをしょって病院の裏口から帰る。齢を重ねるにつれ、疲れた状態での頑張り仕事はよい結果を生まないことがよく分かってきた。

非常勤医になって給与が少なくなったぶん、自由時間は増えた。

朝には昼食用のサンドイッチを作っている。トーストしたパンに冷蔵庫にあるものを適当にはさむ。たとえばトマトを切ってオリーブオイルで炒め、ガーリックパウダーをかけたものをクリームチーズを塗った上にはさんだり、妻の手作りブルーベリージャムに自作の酢タマネギを散らしたり、とにかく中身は好き放題だ。

この昼食を、前立腺肥大に効くとされるイソフラボンを多く含む豆乳を飲みつつ食べていると、意外なうまさや、期待はずれのそっけない味に驚かされ、毎日飽きない。

夕方、裏口を出ると、千曲川に沿う路を北に向かう。正面に浅間山がそびえている。以前は年に何度も登った花の美しい山だが、二年前に噴火警戒レベルが上がってからは一度も行っていない。

火口の噴煙が絶えることのない活火山ではあるが、山腹には緑が多く、そこに視線を泳がせていると目の奥の凝りがとれてゆくのが実感できる。

そういえばもう何年も小説を発表していないな、と気づき、休日の増えたこの半年間に短篇を書き溜めた。初めての書き下ろし短篇小説集を編める枚数の四作品が完成し、何度かの推敲を終え、タイトルも決めた。

しかし、しばらく出版業界から遠ざかっているうちに、おのれの小さな説を世に放つ業の深い仕事を遂行する胆力が衰えた。要は完成度に自信がなくなり、パソコンのなかで眠らせているのだ。この鬼子はいつ目を覚ますかわからぬが。

小説に関する浮かんでは消える泡のごとき想いをほったらかし、田園地帯に出ると空がいきなり広くなる。稲穂の香ばしい匂いに包まれて西に向かえば八ヶ岳の峰々が左手すぐそこにある。

千曲川からひかれた水路の水音に背を押されて歩むと、夕陽が山の端に沈んで空が鮮烈な朱に染まり、「わたし」を生かしてくれたひとたちの居る西方浄土が現出する。

あえて手は合わせず、農道で顔をあげれば、ねぐらに帰り遅れたカラスが一羽、頼りない羽ばたきで低空を過ぎゆく。

（日本経済新聞　二〇一七年十月二十二日）

義理と人情の文化圏

おそらく無意識の選択だろうが、生まれ育った上州の山村の家の隣にある小さな旅館の娘と結婚した。およそ四十年暮らしてみても事の良否の判定は下せないが、身にまとってしまった世俗の価値を脱ぎ捨て、もとより在った場所に還りつつあるいま、夫婦ともその環境がほぼおなじというのはなんだかとても楽だ。

信州の田舎町の総合病院の研修医となって一年目に結婚し、今年の春に定年退職したので、妻も信州での生活が長くなった。浅間山をはさんで北と南にわかれた土地にすぎないのに、南の信州人気質と、北の上州人のそれとの差異はいまでもこの夫婦の話題の種になっている。

五十歳を過ぎたあたりで急に山歩きを始めたのだが、とりあえずは住んでいる佐久平から見渡せる浅間山、八ヶ岳、荒船山などに出かけ、やがて峠を越えて西上州の山々を歩いた。そのなかに物語山があった。

物語山。

登山用地図にその名を見つけたときから作家として気になっており、さほど難しい道ではなさそうなのでいつかは登ってみたいと思っていて、小雨の降る休日に妻と出かけた。アスファルトの林道は亀裂、隆起、陥没だらけで、周囲は植林された杉林。いたるところに畑の跡らしき苔むした石垣があり、森林限界を超える爽やかな信州の山々に慣れている身には、なんともつまらない陰鬱な登山道で、途中から霧が濃くなってきたこともあり、引き返した。山はひとの暮らした気配が遺るところほど不気味だ。

林道を降りてゆくと、下からバイクで登ってくるおじさんがいた。どうしただい、と問われたゆえ、霧が濃くて引き返すところです、と答えた。

「どっから来たたん」

「信州の佐久です」

「そうかい。せっかく来たに、残念だなあ。おれんちの近くにもいい山あるから、登ってったらどうだい」

「ありがとうございます。お気持ちだけで充分です」

おじさんのバイクの音が遠ざかるのを聞きながら、妻と、ああ、上州に来てるんだなあ、としみじみうなずきあった。

信州人の理屈っぽくてクールな応対に慣れているから、こういう、一歩間違えるとおせっかいになりそうな上州のおじさんのフレンドリーなことばがとても懐かしかったのだった。ただ、信州人の情よりも理を重んじる気質は、病気の原因や予防法についての論理立った説明を医療者に求めるゆえ、医師を鍛える場所としては最適である。

信州では医者が偉くない、と研修を終えて他府県に出た医師が異口同音に口にする。

いま、上州の生家は廃屋になってしまっている。山の斜面の限界集落に建つこの家に住んでいた者たちのなかで、母方の祖父、母、祖母、婿養子の父、姉の順に逝って、つい先日、十六年前に千葉県外房のケア付きマンションに居を移していた義理の母が心筋梗塞で死亡した。

享年九十四はほぼ天寿まっとうだったし、継母にあたるこのひとと東京で暮らした期間も短かったので、マンション担当者の親切な指示にしたがい、ゲストハウスに二日間泊めてもらって、施設に併設された霊安室での納棺や、近くの火葬場での骨上げなど、妻と、亡き姉の夫に加わってもらい、淡々とこなした。

骨を骨壺に収めるとき、係の女性職員が、九十四歳にしては骨が丈夫だ、とほめてくれた。東京で育ったひとなんかこの半分くらいですよ、とも。そういえば、栃木県出身だというこのひとがどこでどのように育って父の再婚相手になったのか、ほとんどなにも知らない。戦前に准看護師の資格を取得し、独りで生きてきた彼女は、父と再婚後も常に、老後はあなたたちの世話にはならない、と口にしていた。

売り言葉に買い言葉の関係を保っているうちにこのような事態になってしまったのだが、それは各々の自己責任と割り切ったつもりで、目立たぬよう色付きのビニール袋に入れてくれた骨壺を持ち、タクシーで外房線の特急の止まる駅に向かった。

なにもない駅構内の木製ベンチに妻と並んで座り、特急を待った。まだ次の列車まで四十分ほどある。

ひとりの人間が死に、遺体となり、骨になる。この過程を短期間で目撃し、体感した。意識では割り切れたつもりでも、からだは極端にこわばっていたらしく、座ると同時に空腹を覚えた。

壁で隔されたとなりの売店で菓子パンを探すも、魚の干物や佃煮ばかりで、かろうじてクッキーが目に入った。それを手に取ろうとしていたら、カウンター内の中年女性が、なにかお探しですか、と問うてくれた。

「パンがないかと思って…」

「パンなら向かいの花屋さんにありますよ」

「花屋さん…」

「そう、花屋さん」

ということで、駅の向かいの花屋に入ってみると、花と一緒に菓子パンのガラスケースがごく自然に置かれていた。

骨壺をあいだにジャムパンやクリームパンを食べながら、妻に売店の女性の応対を話して聞かせると、ああ、ここは上州とおなじ文化圏なんだね、と意見が一致した。

しばらくして、妻が黙って売店のほうに行き、茶色と白のガムテープにハサミを持ってもどってきた。

骨壺を入れた大きなビニール袋は口をボタンで留められるが、取っ手を持って提げると重さに負けてボタンがはずれ、開いてしまうのだ。

「クッキーを買ってから、ガムテープがありましたら貸していただけますかって聞いてみたら、ほらっ」

一足先に病院に駆けつけ、担当医の臨終宣告を受けていた妻はこの二日間で疲れ切っていたが、ようやく笑顔が浮かんだ。夫の話から、マニュアルよりも情を重んじるふるさとと文化圏にいることを確信した彼女は、ビニール袋を縛るテープを売店の女性に借りに行ったのだった。もちろん、義理は果たさねばならぬので、まずはクッキーを買って。

最初に茶色いガムテープを、次いで白いのも渡してくれ、去りがけに背中から声をかけ、これもどうぞ、とハサミも貸してくれたのだという。

白いガムテープでしっかり縛った骨壺入りのビニール袋を提げてみると、口はまったく開かない。骨を運ぶ旅の途上で受けた駅の売店の女性のさりげない好意がとてもありがたく、残りのアンパンを食べていたら次第に目頭が熱くなってきた。

重い袋を提げて東京駅の長い通路を歩き、新幹線で信州の家まで運び、翌日は妻の実家の旅館の広間で近所のひとたちに集まってもらってお別れの会を催した。

無事に納骨を終え、幼いころ世話になったひとたちに、お骨にして運んでくるのは大変だったねえ、と声をかけられると、信州から持参した純米酒のぬる燗が無意識の領域にずんずん浸透し、ついには喪主のくせにすっかり酔いつぶれてしまったのだった。

（「文藝春秋」二〇一七年十二月号）

Ⅳ

天狗岳へ

昨年春に定年退職した東信州の総合病院に人間ドックの非常勤医として週四日通っている。受診者の診察や検査結果の説明、乳房X線撮影の読影などの決められた仕事を終えればさっさと裏口を出て帰路につく。炎天下、登山用の帽子をかぶり、首に濡れタオルを巻き、小さなザックをしょって田んぼの間の農道を歩いてゆくと、南西に連なる八ヶ岳連峰がすぐそこに見えてくる。なかでも、双耳峰が特徴の天狗岳はこれまでに何度も登っているゆえ、見あげると頬がゆるむ。

五十歳で山歩きを始めた当時は心身ともに不安定で、目を離すと山の奥へ入り込んで神隠しにあってしまいそうだから、と心配する妻が必ず付き添っていた。それから六、七年を経て職場の若い衆に連れて行ってもらった笠ヶ岳、槍ヶ岳、北岳、農鳥岳などのテント泊山行には妻は参加していない。若い衆の立てた計画が彼女の体力ではついてこられないほどハードなものだったからだ。

芥川賞受賞の翌年にパニック障害を発症し、その後長いあいだうつ病に苦しめられた夫は調子に乗っているときがいちばん危ないのを妻はよく知っている。三千メートル峰からの絶景や、稜線歩きの爽快さをはしゃいで語り、山行の本まで書いてしまった夫の病の再発をあまりにも案じていたら、今度は妻のほうがうつっぽくなってきた。そんなとき、原点に還るべく夫婦で登ったのも天狗岳だった。もう八年も前の話だ。

まだ天狗岳に行けるだろうか。だれもいない農道で、誤嚥を防ぐ喉の運動として、太陽に向かってあかんべーをしつつ、標高二千六百メートルを超える東天狗岳の頂上までの往復七時間かかる白駒池駐車場からの登山ルートを思い浮かべる。夕食時、たがいにむせやすくなってきたり、テレビに映る歌手の名を想い出せなかったりと、夫婦の老いの兆候が不吉な影を落としてくるけれど、北八ヶ岳の針葉樹林のなかに身を置き、あの爽やかな香りを体内に取り込み、ささやかに生き返りたい。

というわけで、非常勤医の身軽さをフル活用し、木曜日の夜、登山口近くの安いリゾートホテルに泊まり、翌朝ゆっくり登り始め、下山したら温泉に入ってもう一泊することにした。家から車で三十分ほどの山麓にあるこのホテルの温泉風呂にはよく出かける。休日の昼は空いており、だれもいない露天風呂にゆったりつかってから浅間山や荒船山に向かって四股を踏む。臍を突き出し、可能なかぎり腰を落せば股間をゆるく涼風が吹き抜け、からだの芯が定まる。

初泊まりのホテルで朝食をしっかり摂り、出かけた。白駒池駐車場を八時四十分に出発。これまでの天狗岳登山では遅くとも七時には登り始めていたので、かなり遅い。

針葉樹林に入るも、香りを楽しむどころではなく、前夜の雨で登山道を水が流れ下っており、よけながら登っているとからだに余計な負担がかかり、汗が帽子のつばから滴り落ちてくる。こんなにきつかったかなあ、と妻に問えば、荒い息づかいだけが返ってくる。

東天狗岳到着は十二時五十分。頂上からの諏訪湖まで見渡せる眺めは雄大だが、初めて登ったときの身をゆるがされるほどの感動はない。鞍部に下って登れば十五分ほどで行ける西天狗岳頂上はここより平坦で、南八ヶ岳へと続く稜線を見通せるのだが、行ってもどれば夕暮れまでに下山できなくなりそうだし、妻の疲労も激しいので予定は中止した。

帰路、湿った石の重なる樹林の長い下りで妻が遅れ始めた。つま先が上がりにくいという。下肢の前脛骨筋が衰えてきているのだ。定年後も往復五キロ前後の徒歩通勤を続ける夫に比べ、妻は近くのスーパーに出かけるにも車を使う。なるべく歩くようにと常に言っているのに。人間ドックの検査結果説明では禁煙と歩くことの大切さ以外に、受診者に伝えるべきことはほとんどないのだ。

というような正論らしきものをむかしはこんなところでも妻にぶつけていたな、と思いつつ、いつからか四股を踏むことを覚え、股関節が柔らかくなって石をまたぐのも容易になった夫は、からだの余力のぶん、黙って待っていられる。石の少ないルートを見つけ、立ち止まって下から妻に指で示す。

登山道は木々の葉におおわれ、あたりが急に暗くなってくる。出発も下山開始も、遅すぎたのだ。反省はするが、若いころのようにはいらだたない。妻を無事に駐車場に連れ帰ることだけを目的と定める。真の決断とは、あれこれ状況判断するのではなく、状況そのものを引き受けること。心身ともにつらい時期、本に傍線を引いた先哲の教えが夕刻の針葉樹林のなかでよみがえる。

下りの斜度が減ってきた。

もうすぐだよ、と頼りない足取りの妻にかけた声は林床の深緑の厚い苔に吸い取られてしまう。頭上のひらけた鞍部に出て仰ぎ見れば、午後五時近い夏の陽はまだ高い位置にあり、ほっとする。淡々と状況を引き受けていたら、そちらのほうが変わってくれたのだ。

ホテルにもどってシャワーを浴びてみると、下肢の数ヶ所に岩にぶつけた皮下出血の跡があった。生き返るのもたいへんだ。

早朝に野鳥の声で目覚め、一番風呂をねらって温泉に行ってみた。露天風呂は白髪や薄毛、腹が出たり頬肉のたるんだ男たちで混みあっていた。

ああ、これは昨年秋に初めて出席した都立高校の同窓会の光景だ。有名大卒もそうでない者も、美少女もそうでなかったひとも、みな平等に、若き日の面影を微かに残しながら見事なほど前期高齢者そのものの容姿に変容していた。その一人と得心し、幹事学年のスピーチ担当で呼ばれた身は役割を終えると早々に会場を去ったのだった。

朝陽に赤く染まる浅間山に向かって素っ裸の四股を踏みたかったのだが、諦めた。諦めるの語源は事態を明らかに見て取ること。状況がうらめしく感じられるとき、たしかな言葉を介すると心身が鎮まる。やわな背筋を、秋の冷気を含む風が無遠慮になでてゆく。

（日本経済新聞　二〇一八年八月十九日）

『医学生』・作者の弁明

　卒業から四十年を経たいまになっても秋田大学医学部の学籍番号を覚えている。４６・５３４、ヨンロクのゴミヨと記憶し、定期試験のときなどに記していたのだが、このゴミヨがおのれを客観視することばとして機能していたからこそ、忘れられないのだろう。４６は入学年度の昭和46年を、５は医学部を示し、あいうえお順の名簿が34番だった。

　東京の進学校から予備校を経て、第一志望の千葉大医学部に落ちて入学した新設二期目の秋田大学医学部には愛着の抱きようもなく、もう一度東京に戻って、もとからやりたかった文科系の勉強をすべきか否か迷う日々だった。ただ、迷いながらも移動がおっくうで、なんとなくその場に居続けるのは性格そのものなのだなあ、とこの歳になってようやく気づくようになった。

卒業後に就職したのは農村医学の発信源である信州の佐久総合病院だったが、ここも研修医一年目の初夏あたりですっかり嫌になり、秋田大学の放射線科医局に入って放射線診断学をきちんと学ぼうと思った。夜、病院の独身寮から放射線科の玉川助教授につないでいただくべく電話したら、医局秘書の女性が、たったいま帰られました、と応じてくれた。玉川先生はベッドサイド実習で回っていたところ、将来の進路について、あなたはどうするのですか、と問うてくれ、適切なアドバイスをもらった唯一の教官だった。

「そうですねえ、現段階できちんとした研修医教育ができる一般病院は東京の聖路加国際、虎の門、三井記念病院くらいじゃないでしょうかねえ」

と、おだやかに諭してくださった。

だから、同窓会誌で玉川先生の訃報に接したときは、東北方面を向いて黙とうを捧げずにはおられなかった。

同期で聖路加に行った佐藤君、虎の門に入った山田君はそれぞれ立派な医者になった。みずからも東京で学んだことのある玉川先生の貴重な忠告を無視した身は、指導医のいない病院で肺がんの診断と治療を任され、独学で胸部単純X線写真の読影や気管支鏡の技術を学びつつ、他者の臨終に立ち合う日々に疲弊し、第一線の医療現場でおろおろする若造医者の心情を吐露する小説を書くしかなかった。そして、佐久総合病院にしぶとく居つき、南木佳士のペンネームで小説を発表しつつ、数えてみれば三十冊の本を出し、つい昨日、定年退職した。

少なくともこの身にとって若さとは馬鹿さそのものだった。勤務医と作家業の両立は可能だと思いあがり、芥川賞受賞後は多数の注文原稿を抱えつつ、病棟責任者として年間五十名近い肺がん患者さんたちの最期を看取っていた。地図も持たずに山に登り、両側が切れ落ちた険悪なやせ尾根に迷い込み、怖さに慣れたつもりで前進していたら、あるとき、あらかじめ予想されていた不幸のごとく滑落し、死ぬか生きるかの苦しみをあじわい、沢の水を飲んでその日その日を生きるのが精いっぱい。まさにそんな状況に陥ってしまったのだった。

パニック障害、うつ病。芥川賞受賞の翌年の秋に受診した精神科の診断書にはこんな病名が記され、ただちに入院を、とうながされたが、なんとか自宅安静で、と懇願し、ぎりぎりのところで許してもらい、結局、一ヶ月間の自宅安静を二度繰り返し、かろうじて内科外来診療と人間ドックの診察、検査結果説明のみがこなせるようになった。

この間、病棟責任者の過酷な勤務を代わってくれた医師は四十二歳の若さで進行の速いがんのため逝った。また、不思議な縁で、聖路加国際病院での初期研修を終え、東京女子医大腎臓内科部門の病棟責任者を務めていた同期生の佐藤博司君が佐久総合病院に赴任し、診療はもちろん、手堅い人事能力を買われて診療部長や副院長を務めていたが、彼も数年前にがんで逝った。

葬儀やお別れの会で二人の戦友にたむける弔辞を読んだあと、彼らが請け負ってくれたストレスに満ちた仕事を免除されることで生きのびた業の深さがとことん身に沁み、その場にへたり込んでしまいそうだった。

心身不調はけっこう長引き、小説を書くことはもちろん、読むことさえできなくなった。そんな期間が二年以上にもなると文芸編集者のあいだには、南木佳士はもうだめだ、といううわさが流れたらしく、「文藝春秋創立七十周年記念書き下ろし小説執筆予定者」が新年早々の新聞広告に載り、そこには歴代の芥川賞、直木賞受賞作家の名がずらりとならんでいたが、南木佳士は見当たらなかった。担当編集者に電話すると、単純なミスだと思います、とのあっけらかんとした返事で、あまりに腹が立ったから勝手に小説を書き始めた。

それが『医学生』で、初めての書き下ろし小説であり、だれからも依頼されていない作品だった。テーマは秋田との、すなわち馬鹿だった若いころの「わたし」との和解。深刻ぶった小説を書くのには飽きたし、心身のリハビリのつもりでみずから楽しんで書きたかったから、雪国での六年間の学生生活を想い起こし、その時点で可能なかぎりの推敲を重ね、出版社に原稿を送ったところ編集者の修正もほとんど入らずにすぐ出版が決まった。

『医学生』が文庫になったときに担当してくれた編集者は、七十周年記念書き下ろし小説のなかでいままでも生き残っているのはほんとに少ないですよ、と話してくれた。

精神に余裕のない若造にとって、東京から離れていることは、時代から取り残されてゆくようなあせりがあった。パソコンもネットも、もちろんケータイやスマホもない時代だった。上野駅から特急「いなほ」に乗って秋田まで七時間半かかった。佐久総合病院には何人もの秋田大学医学部出身の若い医師がいるが、彼、彼女たちに聞いてみると、秋田での生活は楽しかったです、との感想が一様に返ってくる。ああ、そうですか、と応じつつ、おのれを開いて秋田そのものを受け入れられなかったわが身の狭量さを悔やんでみても、もう遅い。

一昨年の秋、卒業後初めて秋田の地を踏んだ。日本農村医学会の市民公開講座での講演を頼まれたゆえだが、それまではいっさいの講演依頼を断ってきた。作家は書くことでおのれを表現すればよいのであって、その場かぎりの話に興味がなかったし、推敲なしのことばには充分な責任が持てないゆえだ。

しかし、このときの学会長は同期の菊地顕次君であり、彼には返しておかねばならない借りがあった。それは、中尾教授の解剖学の口頭試問で落ちたとき、じぶんがどれだけ勉強に集中できるのか試してみたくなり、九月から十二月まで風呂にも入らずに解剖学の教科書を暗記し、無事に追試をパスした日、彼のアパートで風呂に入らせてもらったことだった。全身垢だらけで銭湯に行くのは恥ずかしかったから、その当時は少数派だった風呂付アパートに住んでいる菊地君に頼んで入らせてもらったのだった。入浴後の風呂には垢が浮いており、菊地君は湯をすべて入れ替えねばならなかった。

ひと風呂の義理を果たすための講演なのだからきちんと準備せねば、と意気込んで草稿を書き、スライド用の写真を撮っていたら、なんとなく写真入りエッセイ集が一冊できそうな分量になった。脱稿し、担当編集者に送ってみると、本にしましょう、ということになって講演予定日の一ヶ月前には出版されてしまった。

秋田に着くとすぐ指定されたホテルに入り、加賀谷書店から持ち込まれた山積みの『薬石としての本たち』（文藝春秋）にサインし、終わるとすぐに講演会場の県民会館に向かい、夜は地元で医者をやっている同期生たちの開いてくれた歓迎会に出席し、酔ってホテルのベッドに倒れ込み、翌早朝にはふらつきながら秋田駅でミニ新幹線「こまち」に乗車というあわただしすぎる「帰省」だった。

同期生たちの呑み会のなかで『医学生』に出てくる雪合戦の場面が話題になり、二十人ほどの出席者のそれぞれが異なる記憶を語った。女子学生をめぐる男同士の争いがあり、一方が背を押して窓から突き落としたのではないか、との新説も飛び出し、大いに盛り上がったが、その席に最後まで名前を想い出せない二名がいて、酒を注がれても笑顔でごまかすのに懸命で、つい呑みすぎてしまったのだった。

『医学生』は秋田や秋田大学医学部をおとしめるつもりなど毛頭なく、馬鹿だった「わたし」をはっきり見つめなおし、もう一度きちんと生きてみようと決意した、世に忘れられかけた作家の再出発点になった作品で、青春とはみっともないものなのだと自覚する若者たちに読み継がれ、いまも文庫の版を重ねている。表紙の、誠実だけれど気弱そうな若者の絵は彫刻家の舟越桂さんの作品で、芸術選奨文部科学大臣賞の授賞式の席で舟越さんの隣に座ったとき、そっとお礼を述べておいた。

尾根から滑落後は樹林のなかでの生存法を体得し、なんとか生きのびて少しずつ明るいほうへ、低いほうへと歩んでいたらいつの間にか平坦な下山路に出ていた。以前は夢にも思わなかった定年を迎えられたので、今度は妻を連れてゆっくり秋田に行き、捨て去った第二の故郷にきちんと詫びを入れようと思う。

ベッドサイド実習で、こわもての心臓外科助教授から、おまえら何にも知らねえんだな、とこき下ろされたとき、おめえの教え方が悪いからだべ、と平然と応じ、助教授を沈黙させた米沢出身の早川君、お元気でしょうか。

冬の夜、アパートの部屋で安ウイスキーを呑みながら吉田拓郎のレコードを聴いて、これから夜行列車で原宿ペニーレインに行くんだ、と吹雪のなかを秋田駅方面に向かって走り出し、捜索に出たみなの酔いをすっかり醒ましてくれた長崎出身の山道君、お元気でしょうか。

太宰治の『人間失格』に出てくることばどおりに、いっさいは過ぎてゆきました。

（秋田大学医学部医学科同窓会誌「本道」第29号）

生身の、いま

この春、久しぶりに上京し、東京芸術劇場で「アマデウスLIVE〜ムービー・オン・クラシック」を観、聴いた。休憩をはさんだ後半、大画面には疲労困憊してベッドに横たわるモーツァルトの口述をサリエリが譜面に書いてゆく場面が展開している。それに合わせて画面下の舞台に控えるオーケストラ・アンサンブル金沢と、アマデウス特別合唱団が大迫力のレクイエムを奏でる。およそ二百三十年前を再現する架空の動画と、たったいま目の前で響く現実の音楽。聴覚と視覚の整合性が怪しくなり、時空の隙間に引き込まれ、身が宙吊りになる。

ああ、こういう見世物に出合えるのはやっぱり江戸の春だなあ、とため息をつき、翌日は新幹線でのあっけない旅を避け、中央線の鈍行を乗り継いで信州佐久にもどった。多和田葉子の『地球にちりばめられて』を読みつつ小海線に乗り換えたら、車窓から射す午後の陽が木々にさえぎられてページに縦縞模様の影が動き、めまいを覚えた。しかたなく本を閉じれば、甲府盆地には梅が咲いていたのに、標高千メートルを超えるあたりではまだ線路脇に雪が残っていた。

モーツァルトより七年遅く生まれた一茶も華やかな江戸の春を惜しみつつ、地に足の着いた暮らしを営むべく信州に向かったのだな、と窓枠に頬杖をついてぼんやり想っていたら正面に冠雪した浅間山が見え出した。天明三年の大噴火による火砕流と岩屑なだれでほぼ全滅し、その土の上に再興された荒涼たる上州の山村で生まれ育った身だから、この時代に生きていたひとたちに興味があって調べたことがある。噴火時、ザルツブルクのモーツァルト二十七歳、江戸の一茶二十歳。

田舎町の駅に一人だけ降り立ち、研修医のころからこの佐久平で暮らした四十年余を想い起こそうとするが、鈍行に座り続けた尻が痛く、腰をよじりながら千曲川にかかる橋の上を歩く。こんなふうに、生身のいまの対応にのみ終始してきた六十七年だった。

昭和六十三年末、ほんの一週間だけだった六十四年、そして平成元年にかけては第百回芥川賞候補としてこの町で過ごしていたことになる。千曲川に沿って建つ総合病院に勤める三十七歳の性、狷介、自ら恃むところすこぶる厚い内科医であった。なにしろ五回目のすれっからし候補だったので、なんだかもう賞なんてどうでもよくなり、それでも欲は欲として身の奥のほうにしつこく残っていたけれど、信州の厳寒の冷気が無遠慮に侵入してくる安普請の平屋の病院住宅にかかってくる取材申し込みの電話にはすべて不愛想な断りのことばを返していた。

年末年始は勤務先の病院での日直や当直勤務に明け暮れ、元旦に亡くなった患者さんを裏口から送り出したあと、だれもいない職員食堂のソファーに寝そべってタバコを吸いながら、今年もこんなふうに死者を見送る日々が続いてゆくのだろうな、と沈み込んでいた。昼近くなると病棟の入院患者さんたちの様子を見に来た若い医師たちが何人か、家に帰らずにうろうろしており、午後にはそのうちの一人の住宅に行って炬燵麻雀に加わった。仲間の医師たちはだれも自宅を建てておらず、みな老朽化した病院住宅に住んでいたから、麻雀の家もわが家の斜め前だった。

　家の主の、ふだんは食堂で日刊スポーツと報知新聞しか読まず、前夜のジャイアンツの試合のことばかり話している消化器外科医が麻雀パイをかき混ぜながら、そういえば今度のあんたの芥川賞候補作品はおれも最後まで読めたよ、これまでのはなんだか内容がめんどくさかったから途中で読めなくなっちゃったけどね、と言った。ああ、そう、とぶっきらぼうに応じながら、もしかしたら今回ばかりは受賞するのかもしれない、と直感すると同時に、騒ぎになるのは面倒で嫌だな、と思った。

　一月七日、昭和が終わったとテレビは繰り返し告げていたが、外来でインフルエンザの患者さんたちを診てから病棟で末期がん患者さんたちの病室を回診する生活にはなんの変化もなく、一月十二日の夜に芥川賞受賞の連絡を住宅の寒い玄関の靴入れの上に置かれたダイヤル式黒電話で受けたときも、永年肩にへばりついていた害にも益にもならぬがすこぶる邪魔な妖怪がふいに消え去ってしまった爽快感だけがあった。担当編集者からの電話は落選の通知で、当選なら「日本文学振興会の者ですが」と前置きする電話がかかってくる。先輩からそう教えられていた、という老作家のエッセイを読んだことがあるが、まさにそのとおりだった。

一月中旬には連休を利用して家から車で三十分ほどのところにある八ヶ岳山麓の松原湖で氷上のワカサギ釣りを楽しむ予定だったが、受賞第一作を二月発売の「文學界」に載せねばならぬので急いで書いてくれ、との申し入れがあった。受賞作の「ダイヤモンドダスト」はおよそ一年間かけて、勤務医の仕事を終えてから一日に原稿用紙一、二枚ずつ書き続けてきたものであり、それまでの小説も同様の書き方をしてきたのに、三日で書けるわけがないですよ、と応えると、慣例ですから、との冷めた返事があった。

ああ、そうですか、そういうことなら。

小説の依頼者も気づかぬうちに遅効性の毒物が混入されていたらしい業界の売りことばをその場の勢いで買ってしまったのを悔やむのは一年半後になるのだが、とにかくそのときはプロの作家になりたい欲が勝っており、二晩の徹夜で短篇を仕上げ、ゲラの直しは急遽購入したファクスでおこなった。

締め切りを決められた小説、エッセイ書き、末期がんの患者さんを診る勤務医の仕事、月に四、五回の出張当直。

ふつうの登山道を歩いていたはずなのに、いつの間にか両側が切れ墜ちた険悪な稜線に踏み込んでしまった傲慢で不注意な登山者にあらかじめ予想されていた転落事故のごとく、平成二年の秋にパニック障害を発病し、うつ病に移行して、死なないでいるのが精いっぱいの日々が始まった。

いまになってふり返れば、昭和はかろうじて元気で登り路を歩けていた時代、平成はどん底に墜ちてからなんとか四つん這いで下山ルートまではいあがってきた時代だった。

うつ病から回復するためのリハビリで、芥川賞受賞以前のようにだれからも締め切りを決められない小説を書き、タバコをやめ、山やプールでからだを動かし、なんとか生きのびた。そして、四十年勤めた総合病院をのうのうと定年退職した。この間、病棟勤務から脱落したこの身に代わって激務をこなしてくれた後輩医師や、幹部の立場で外来勤務の負担を減らしてくれた同僚はがんで逝った。父、姉、継母もみんな逝った。

そんな平成も終わるが生身に区切りはつけられない。

生き残り生き残りたる寒さ哉。

一茶のこの句の哀感を素直に受け取れず、ひとの死を書くにも推敲を重ねてしまう表現者の業の深さを感じてしまう。定年後も非常勤の誘いにのってしぶとく病院に通う田んぼのなかの農道で噴煙たなびく浅間山を見やるとき、つまるところ、おのれにとって小説を書く行為はこの身の図太さを確認することにほかならなかったのではないかとの、それこそ身もふたもない想いがからだの芯から湧いてくる。

中仙道から右手に浅間山を見上げつつ北国街道に入って、故郷での弟相手の財産争いのため北信濃に向かったはずの強欲な一茶。彼も用いていたかもしれない足と同側の肩や腰を前に出すナンバ歩きを試みると、ふらつきそうだったからだは正面の八ヶ岳から吹き下ろす強風によく耐えて安定し、ぐんぐん前に進んで行く。調子にのってレクイエムをハミングすれば、乾いた砂ぼこりがくしゃみを誘発する。

生身の、いま。

（「文學界」二〇一九年六月号）

登山靴の重さ

五十歳の誕生日に購入した総革製の登山靴の底が二年前にはがれたままになっていた。途中で一度貼り替えたものだから、十五年間よくもってくれた。この冬、所用で東京に出たついでに新たなのを買った。登山用品店の狭いスペースで歩いてみたときは幅広の足によくあい、これで小指の爪が痛むこともないな、と喜んだ。

雪解けを待ち、上州との県境にそびえる浅間・烏帽子火山群のひとつである東篭ノ登山に妻と出かけた。標高二千二百メートルほどの東篭ノ登山は楽に登れるわりに眺めがよく、夫婦の生まれ育った上州嬬恋村が、草津白根山、四阿山、浅間山に囲まれた広大なすり鉢として見渡せる。

東篭ノ登山の頂上手前は小さな岩が重なる急登で、毎年、遅れがちの妻を待ちながら行くのが常だったが、今年は彼女のほうが先行した。生意気な、と腰に力を入れたが、足が重くて追いつけない。もうすぐ六十八歳になる心肺機能の衰えはいかんともしがたいが、それとは別にとにかく足が重い。

くるぶしをしっかり包む本格的な革製登山靴は八ヶ岳や南北アルプスなどの岩場の多い山で用い、標高二千五百メートル以下の山行には軽いトレッキングシューズをはいてきた。しかし、今回は新しい靴を試したくて、前のと同程度の重さの革製登山靴にしたのだ。おなじ店で買い替えた妻は、もう齢だからなにしろ軽いのがいい、とそれまでの半分の重さの靴を選んでいた。見栄をはって総革製にこだわった結果、妻に抜かれ、這うように頂上に着けば、彼女は東の稜線を指さしている。降りて登って往復四十分くらいの西篭ノ登山に行くのが例年のコースだが、たまにはこっち へ、と強気だ。

東の水ノ塔山に至る稜線は片側が切れ墜ちた箇所もある。怖くて反対側に寄りすぎ、岩角に脛をぶつけ、妻のあとを必死でついてゆき、開けた場所で、ちょっと休もう、と声をかける。重すぎる登山靴が招いた予想外の体力気力の消耗は、山にあってさえも妻との力関係を逆転させてしまったのだった。

先日、二十六年前に書いた小説が映画化され、東京の試写会に行った。がん診療の最前線にいて、外来診療、入院患者回診、当直勤務、多くの夜間呼び出し、そして看取りをこなす信州の総合病院の内科医の日常を淡々と描いた作品だ。他者の死を見すぎて心身を病んでゆく医師。楽に死なせてほしいと彼に懇願する末期がん患者。

本になった自作を読み返す習慣はなく、とくにこれは文庫が絶版になった際はむしろ肩の荷が降りた気がした作品だが、映画公開が決まって復刊され、映画の音楽を担当した小椋佳さんが新たに解説を書いてくださるというので二十六年ぶりに読んでみた。

あの時期にしか書けなかった緊張感に満ちた小説だが、その一所懸命さがたまらなく痛ましかった。数年前まではなんとか履きこなせていた登山靴の重さに驚かされた老身は、読み終えて疲れ果てた。

試写では医師役の津田寛治さん、患者役の中村梅雀さんの熱演に引き込まれ、パニック障害発症前後の日々がありありとよみがえり、頭がくらくらし、膝の上に抱えた通勤用ザックのなかのポットのお茶を何度か呑んでどうにか退室せずに観終えることができた。ザックのジッパーをそっと開くたびに隣の妻が心配そうな顔を向ける。ときおり挿入される浅間山や千曲川のおだやかな映像が深呼吸を誘発してくれるのがたまらなくありがたかった。

試写会のあと、出版社の編集者たちと神田の居酒屋の座敷にあぐらをかき、常温の純米酒で、お疲れさま、と猪口をあわせて呑み下したとき、やっといくらか肩の力が抜けた。

夜、予定より早い時間に信州にもどり、翌日はずっと布団にもぐり込んでいた。体の芯のあたりに疲れがまとわりついている。それは重い登山靴を履いた翌日の疲労に似ていたが、軽い靴に替えればどうにかなるというものでないのは明らかで、このまま何日か寝ていれば筋肉が衰えて立てなくなるな、との確信に直結する、動物としての骨身にまとわりつく倦怠感であった。

庭では妻がせっせとあさがおの支柱を立てていた。

(東京新聞夕刊　二〇一九年七月二十五日)

小説を書く原点

二年前、研修医のころから四十年間勤め続けた東信州の総合病院を定年退職した。

肺がん患者さんの入院する病棟の責任者をしていた三十八歳の秋、にわかに体調を崩し、外来診療や健康診断の部門にまわしてもらってなんとか生きのびた末の定年退職であり、激務を引き受けてくれ、先に逝った医師たちにはいまでも申しわけなく思っている。発病の前年に第百回芥川賞を受賞しており、プロの作家とがん診療を兼務し、どちらもうまくこなせると思いあがったゆえの天罰であったが、眠れず、食べられず、得体のしれない不安、焦燥感にさいなまれる日々、死なないでいるのが精いっぱいだった。

皮肉なことに、数年経っていくらか元気になると、また小説を書いてみたくなった。小説の世界のなかでもう一度生きなおしてみたくなったのだ。

まずは生まれ育った上州の山村を描き(『阿弥陀堂だより』)、次いで、文科系の頭しかないのに無理して入った医学部の生活を想い出し(『医学生』)、そして、医者になりながらなぜ小説なんか書こうと思ったのか、その原点に立ち返ってみたのが『山中静夫氏の尊厳死』であった。

世間に医者の登場する小説はいくつもあったが、美人の看護師との恋愛だったり、珍しい病気を扱うミステリーだったりで、あたりまえの医療現場をあたりまえに描いたものが見あたらなかった。ならば書いてやろうと思ったのが小説を書き始めるきっかけだった。

生活者としての医師が、おなじ生活者である患者さんに対する。そして、彼、彼女たちの最期を看取る。大きな事件は何も起こらないが、ひとが死ぬ、という厳然たる事実の前では他のすべての事象が遠景になってしまう。患者さんのひととしての尊厳を保ちながら、いかに苦しくない最期を迎えるお手伝いをしてあげられるか。

実際の臨床現場ではうまくできたと自信の持てる例はまったくないが、小説でなら可能かもしれない。そんな想いで書いた小説が『山中静夫氏の尊厳死』だった。なるべく事実にもとづき、飾りを排した世界を造り上げた結果、この作品は売れなかった。気楽に書いた『医学生』はいまでも文庫の版を重ねているが、『山中静夫氏の尊厳死』は文庫も絶版になって久しかった。

それが、今回の映画化を機に復刊され、映画の音楽を担当された小椋佳さんに解説を書いていただき、感無量だ。

映画は原作を読み込んだ監督や脚本家、俳優さんたちの解釈の表現であり、原作者は口を出すべきではないと確信しているので、今回も信州佐久でおこなわれたロケ現場に顔を出すことさえせず、定年後の非常勤医の日々を過ごしてきた。

東京での試写会も欠席の予定だったが、さすがに、多くのひとたちが協力して出来上がった作品を鑑賞させていただく機会を無にするのは失礼だろう、との、晩年をむかえて妙に素直になった内なる声にうながされ、上京した。

夜間の病院からの呼び出しで自宅から駆けつけ、患者さんの最期を看取る。新たながん患者さんやその家族に病態を丁寧に説明する。そして、また看取り。画面に展開するのは約三十年前に脱落した生々しい医療現場そのものだった。俳優さんたちの迫真の演技によって忘れたはずの世界に引きもどされ、実際に動悸、息切れを覚えた。ときおり挿入される浅間山や千曲川の映像が深呼吸を誘発してくれるので、なんとか観終えることができた。

生身の医師が生身の患者さんを相手にする。

互いのひととしての尊厳を第一に想いながら。

映画は小説の本質を的確に描き出している。

原作者としてはその誠実さがなによりありがたい。

（映画『山中静夫氏の尊厳死』パンフレット　二〇一九年九月）

立冬の候

週四日の非常勤で千曲川沿いに建つ病院に徒歩通勤している。田んぼや畑のなかの路で行き会う生き物はカラスとトンビだけ。北に浅間山、南西に八ヶ岳を見やりつつ黙々と三十分歩く時間をなによりも好む。

書き残している小説がまだあるのではないか、との内なる声はときおり聞こえるが、速歩で血流のよくなった身は歩くことそのものの快に満たされ、ことばで世界をかたどろうとする無鉄砲で難儀で不健康な座業にもどりたがらない。

急に寒くなった立冬の朝、濃い霧に包まれて歩いていたら、畑の脇の柿の木がいきなりすべての葉を落とし始めた。カサカサと遠慮がちの音をたてながらも激しく、葉は地面におおまかな円形を描いて積もってゆく。

落葉帰根。おまえも、もう根に帰ったらどうだい、と葉っぱたちに諭されてなんだかうれしくなり、さらに歩を速めた。

人間ドックでの健康診断の仕事と、暗い部屋で高精細の画面を見つめるマンモグラフィ（乳房X線撮影）読影を終えて裏口から出れば、夕陽を浴びた浅間山がすぐそこにそびえ、蒼空にトンビが滑空している。老眼が進んで視野がかすむゆえ、なるべく遠くを見て疲れた目を休める。

帰路を朝と違えると、胡桃の木の下の舗装された農道にカラスが一羽、きれいに皮のむけた胡桃の実をくわえてこちらを見ている。

「いいよ、そのままにして。取らないから」

きょうの往復ではじめてことばを発した。

カラスはしばらく迷ったそぶりを見せていたが、あと数歩と迫ったところで実をくわえたまま飛び去った。

もう四十年以上も東信州佐久地方に住んでいるが、カラスが胡桃の実を舗装道路に置き、堅い殻を車にひき割らせて果肉を食する光景を目にするようになったのがいつからなのか、覚えていない。

カラスに呼びかけてみると、ふいに、むかし一緒に暮らした猫のトラを想い出す。

夜、九時ごろになると、炬燵にあたってテレビを観ている妻の腰や肘のあたりに頭突きをくらわしていたサバトラの老雄猫。

「寝たいならさっさと二階に行けばいいじゃないの」

妻は笑いながら頭をなでてやっていた。

あの頃は理解できなかったトラの心情が、互いに老いてきたいま、わかりすぎるほどわかる。

高齢のトラにとって、テレビの雑音はたまらなくうるさかったのだ。早く静かな二階の寝室に行きたいのだが、老いた身はひとりで寝るのがなんとなく不安。だから、仲間に、なあ、もう寝ようぜ、と訴えていたのだ。

妻がトラの仲間だった証拠には、二階で本を読んでいた夫が茶を呑みに下に降りてみると、炬燵に妻とトラが並んで眠っており、なあ、と声をかけようとした夫は、その寝姿があまりにもそっくりだったため、どちらに話しかければよいのか、一瞬だが、身の深いところで迷ってしまった体験があるのだ。

立冬の翌日、北国の新設医学部の同級生だった同僚の七回忌で、わが家に三人の旧友が集まり、昼から酒を呑んで、もはやだれも責任を負わなくてよい昔話にのめり込んだ。

口頭試問の厳しさで恐れられていた解剖学の教授が、引いたカードに書かれたラテン語の課題に答えられなかった学生をパスさせたことがある、との秘事がおなじグループにいた者から開示された。試問の判定には解剖実習の態度や定期レポートの内容まで加味されていたのだと約半世紀後に知った。常より優秀だったその学生はのちに他大学医学部教授になった。

おなじくまったく答えられなかった身は即座に追試を宣告され、三ヶ月間、風呂に入らずに教科書を暗記してなんとか合格し、のちにこれを小説の材料にした。大学とはおのれが学問に向くのか否かを判別する場所だ、との認識だけは間違っていなかったらしい。

中央行政、病院経営、新生児医療、そして小説書き。あらかじめ割りふられていた役を舞台の上で演じ終え、そっと退場してゆく老役者たちの最後の呑み会みたいで、酒に弱い身も久しぶりに力をぬいて酔った。
東京へ、東北へと帰る友の乗るタクシーを見送った夜空に膨らんだ月が重なって出ていた。あえて酔眼を凝らす必要もないので、二つの月をそのままにし、冷えた夜気を胸が痛くなるまで深く吸ってため息をつき、とりあえずいま生きて在る事実を確認してみた。

（日本経済新聞　二〇二〇年一月十二日）

自著映画化始末

昭和が終わる年の一月に第百回芥川賞を受賞した。すると、すぐに映画化の話が持ち込まれた。自作が映画になるなんて夢のようだな、と素直に喜んだ。大手映画会社のプロデューサーや脚本家と信州の貧相な病院住宅で会い、妻の手料理と地酒でもてなし、主演女優はだれがいいか、などと盛り上がった。その後、脚本は完成したが、撮影開始の話はいくら待っても来ず、やがてこちらも地方勤務医の医業に加えてプロとしての小説書きの無理が祟り、心身絶不調の状態に陥った。

この一件があったゆえ、以降は自著の映画化の話には興味を失った。というより、パニック障害、うつ病と診断され、肺がん診療の第一線から脱落し、健康診断部門でかろうじて生きのびている身には小説を書くことも読むこともできない期間が数年続いた。

　やがて、いくらか元気になり、もう一度生きなおすために過去を再構築するべく小説を書いてみたくなった。生まれ育った群馬の山村生活をおとぎ話風に仕立てた『阿弥陀堂だより』(映画化)、東京の進学校から都落ちして北国の新設医学部に入った自身の体験をわざとユーモラスに描いた『医学生』。この二作の評判がわりとよかったので、今度は本腰を入れ、夜間の呼び出しに応じて患者さんの最期を看取り、そのまま外来診療に入って治療や診断に精を出す、がん診療最前線にいる勤務医と、楽に死なせて欲しいと訴える患者さんとの交流を中心に、安楽死と尊厳死の違いについて真剣に悩み、患者さん家族との想いの違いなどもあって、次第に疲弊してゆく医師を描く小説を書いた。

　医者のくせに小説を書き始めた原点は、当時のいわゆる医者物小説のなかに、朝、狭い住宅で泣きわめく子供たちに囲まれて納豆飯をかき込み長時間の手術を執刀したり、深夜の医局でカップ麺にお湯を注いだところで患者さんの急変を知らされ、食べ損ねて朝を迎える現場の医師たちの生活をリアルに描いたものが皆無だったからだ。美人の看護師との恋愛もない。スーパードクターもいない。

ならばこの身が書いてやろうと思った、その初心にきちんともどるため、『山中静夫氏の尊厳死』は下書きから清書まですべて万年筆で原稿用紙に書いた。その万年筆は、昭和五十六年に文學界新人賞を受賞したとき深沢七郎さんからいただいたものだった。執筆にはすでにワープロを導入していたのだが、あくまでも手書きにこだわった。

しかし、『山中静夫氏の尊厳死』は売れなかった。文庫になってもすぐに絶版。だから、この作品の映画化の話があっても、まあ、好きなようにしてください、といった態度で、脚本にも目を通さず、もう四十年以上住んでいる佐久市でおこなわれたロケ現場に顔を出すこともなかった。

東京での初号試写会の案内が来たとき、それでも懸命に創ったひとたちに原作者があいさつしないのは義理を欠きますよ、との、おなじ上州の山村生まれの妻にうながされ、上京した。義理を果たさぬ者は上州人ではないのだ。

映画は原作に忠実に、生真面目に制作されており、患者役の中村梅雀さん、医師役の津田寛治さんらの熱演で、三十年前にこの身が置かれた医療現場の過酷な現実に直面させられ、動悸、息切れを覚え、何度もため息をついて隣の妻を心配させた。ときおり挿入される信州佐久の浅間山や千曲川の風景と、最後に流れる小椋佳さんの主題歌に助けられ、なんとか観終えることができた。

映画はロケ地の佐久市で先行上映され、狭量な夫よりもはるかに人脈豊かな妻はいろんなひとたちと何度も観に行ったが、観るたびに新たな発見があるよい映画です、とのことだった。

シニア割引で映画はよく観に行くが、平凡な生活者である妻の感想はけっこう信頼できる。『海街diary』で綾瀬はるかが妻のいる小児科医と別れるとき、海辺で手を振るアップのシーンに客席から思わず手を振り返してしまった夫よりもはるかに冷静に映画を観ている。

臆病な原作者はあの時代にもどされるのが恐ろしく、結局、先行上映は観ないまま終わったので、初春に東京から始まる全国公開のどこかの映画館にふらっと寄ってみようかと思うだけは思っている。

（「文藝春秋」二〇二〇年二月号）

納口上

新たな年になったからといって格別の抱負はないよな、と二階の北側四畳半の勉強部屋で発表済みのエッセイに加筆、修正、削除をおこなっていたら、いつの間にか雪が降ってきた。目が疲れたのでぼんやり窓の外の雪を眺めてみた。重そうな雪を見続けていると、身が天に向かって上昇してゆく錯覚を覚える。そのとき、ああ、今年でもう四十年かあ、とため息が出た。

二十九歳の誕生日はタイ・カンボジア国境に近いタイ領内のカオイダン難民収容所で迎えた。収容所の病棟当直当番の日で、看護師が小さな花束をくれ、祝いにソーメンを食べた。いまではあたりまえになった日本政府派遣の災害救援医療団の初めのころの一員として三ヶ月間、タイにいたのだった。電話のない地域だったので、文學界新人賞受賞の連絡は東京の出版社からバンコクの日本大使館を経由した無線で医療団の宿舎に届いた。ここを作家としての出発点とすれば六十九歳になる今年はまさに四十年目になるのだ。

よくも書いてきたものだとの感慨よりも、生きのびるために書かざるをえなかったとの想いがはるかに強い。書くために生きたのではなく、生きるために書いたのだった。

病院の非常勤勤務もそろそろ辞退すべき時期だが、医師不足の状況で疲れた顔の後輩幹部や事務職員に依頼されると受けてしまうだらしなさをいかんともしがたい。若いころは、定年退職後にきっぱり勤務を辞め、夫婦で世界各地を旅行したり、東京のクラシックコンサートを楽しんだりする大先輩の生き方こそ正しく、いつまでも病院に顔を出す老医はみっともないと思っていた。いま、かぎりなく後者に近づいているわけだが、外国に行きたくもなければ、百名山を制覇するつもりもないので、声がかかるうちは歩いて病院に通い、途中で倒れればそれまでと腹をくくっている。

前口上でも触れたが、高齢化にともなって書くものに繰り返しが多くなり、話がくどくなっている。もうそろそろいいんじゃないの、と引退を迫る声がおのれの書いた文章の行間から聞こえてくる。こちらのほうは素直にしたがうつもりだ。

はるかむかし、全国紙の出版部門におられたころに一緒に仕事をしたことのある編集者がいまはとても小さな出版社を経営しておられる。昨年、久しぶりにそのひとから連絡があり、若山牧水の散文集（『樹木とその葉』田畑書店）に収録する巻末エッセイの寄稿を求められ、牧水はその抒情過多気味の短歌よりも、淡々とした散文が好きなので応じた。

これも縁としか言いようがないのだけれど、その際に送られてきた『これは水です』（デヴィッド・フォスター・ウォレス　阿部重夫訳　田畑書店）というアメリカのカレッジでなされた卒業生向けの作家のスピーチを収録した本がハードカバーなのに小ぶりな体裁でめずらしく、思わず手に取って読み始め、内容に引き込まれて読み終えてしまった。スピーチから三年後、この作家がうつ病で自殺している事実を知って読んだので、よけい胸に迫るものがあった。

よく手になじむこんな体裁の本を出してもらえたらいいな、と思いつき、エッセイ集の話をこちらから持ちかけた。そのときは作家生活四十年目の本になるとはまったく気づかなかった。

勤務医としての現役最後の五年間は、勤務先の病院が分割移転し、責任者を務めていた人間ドック部門の主要な検査を担う医師たちの多くが新病院に移ってしまったりして、年間一万三千人を超える受診者への対応や院内の交渉ごとに明け暮れ、新聞、雑誌に発表した文章は極端に少なくなった。しかも、日々の想いは年齢とともに小さくなる。

そういうエッセイ集を希望どおりの小ぶりな本に仕立ててもらえたのがとてもうれしく、ありがたい。

二〇二〇年　春　信州佐久平にて

著　者

南木佳士（なぎ　けいし）
1951年、群馬県に生まれる。東京都立国立高校、秋田大学医学部卒業。現在、長野県佐久市に住み、佐久総合病院非常勤医。81年、内科医として難民救援医療団に加わり、タイ・カンボジア国境に赴き、同地で「破水」の第53回文學界新人賞受賞を知る。89年「ダイヤモンドダスト」で第100回芥川賞受賞。2008年『草すべり　その他の短篇』で第36回泉鏡花文学賞を、翌年、同作品で芸術選奨文部科学大臣賞を受賞する。ほか主な作品に『阿弥陀堂だより』、『医学生』、『山中静夫氏の尊厳死』、『海へ』、『冬物語』、『トラや』などがある。

田畑書店

根に帰る落葉は

2020 年 3 月 10 日　第 1 刷発行
2020 年 7 月 15 日　第 3 刷発行

著 者　南木佳士

発行人　大槻慎二
発行所　株式会社 田畑書店
〒 102-0074　東京都千代田区九段南 3-2-2　森ビル 5 階
tel 03-6272-5718　fax 03-3261-2263
装幀・本文組版　田畑書店デザイン室
印刷・製本　シナノ書籍印刷株式会社

ISBN978-4-8038-0370-9 C0195
定価はカバーに表示してあります